U0937839

第二个春天

何文诗词选

何 文◎著

长江出版传媒
长江文艺出版社
全国百佳出版社

作者自述

我是安徽省枞阳县人，1933 年生。1949 年 2 月在枞阳县义军乡政府参加支前工作，1955 年 6 月起任区委书记，连续 17 年。1971 年任县革委会办事组副组长、县委办公室副主任，主持工作共 8 年（组长、主任由县领导兼），1979 年任县委宣传部长、县委常委、县委副书记兼县政协主席。先后任县政协主席 4 届共 12 年。

枞阳是“桐城派”的故乡，无论过去、现在文人很多。本职工作需要广为接触党外老文人、老诗人、老知识分子。我利用工作之机与他们沟通交流，虚心向他们请教，学习格律诗词；以诗会友，广交朋友。经过十多年的努力，至上世纪末，我的习作已有 1700 — 1800 首。1997 年 1 月很荣幸成为中华诗词学会的会员。

如果把过去的风华岁月，长期在基层与人民同呼吸共命运算作“人生第一春”的话，那么退到二线学诗、写诗呕歌人民与时代则算是“人生第二春”。我很自豪，生命中拥有两个美丽的春天，伴我继续前行，享有幸福美满的人生！

2013 年 6 月 20 日于波士顿

作者近照

作者夫妇 金婚庆典

作者年轻时代

作者夫妇50年代

作者夫妇70年代

The 50th Wedding Anniversary, 11/22/06

作者夫妇 结婚50周年

旅美观光

旅美观光

自 序

我于 1983 年底从一线退到二线专任县政协主席。从 1987 年中秋节开始写诗，以诗会友，广交朋友，到目前为止写有 2000 首，这次从中选出一部分出版。

《何文诗词选》1—11 集，命名“第二个春天”。其主要内容是歌颂勤劳的人民，美丽的故乡，伟大的祖国；表达对老一辈无产阶级革命家的崇敬，对改革开放取得丰硕成果的欢欣鼓舞，以及对两岸和平对话和增进往来的气氛感到由衷的喜悦；此外对腐败、官僚主义给国家和人民造成的伤害感到义愤；也有热爱家庭，热爱儿孙，热爱生命的美好愿望和正在过着丰富多彩的晚年生活。

《何文诗词选》将献给那些亲爱的朋友以表达敬意！还将赠给我们夫妇的亲戚、家乡父老以及年轻的晚辈们！

“第二个春天”诗集的出版得益于“长江文艺出版社诗歌出版中心”的大力支持，还有枞阳、安庆、合肥几位文人、诗人阅后的赠言指导与高度点评鼓励，以及枞阳、安庆新华书店领导的热情接待和亲友的关心鼓励与家人的排版支持。在此我向他们一一表示深切的谢意！

何文 2013 年 10 月 28 日

于北京海淀莲花小区家中

目录

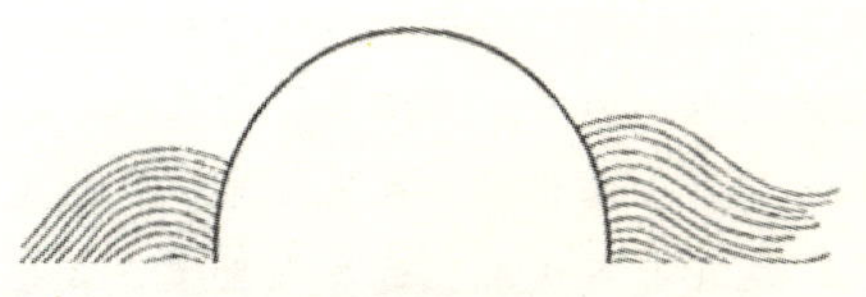

何文诗词选　一

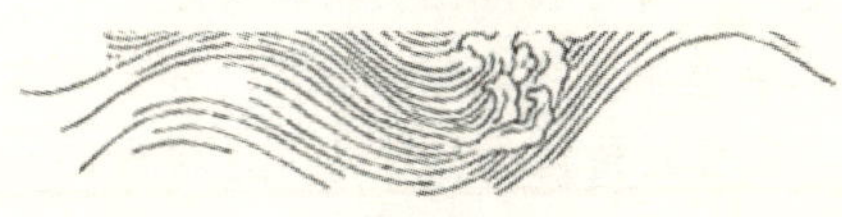

前 言

本诗词选112首，约占我写的诗词1/15，一个小集子安排这么多诗词不算少了，如果再增多，想送给人家看，会给人一种沉重感。这本诗词选的内容，以我夫妇为主，包括我至亲至爱的家人和我的亲戚；诗词选中，比较多的篇幅是我那方方面面的朋友，包括诗人、词家、书法家、老文人、艺术家、政治家、国民党高级军官、工程师、农艺师等。我的海内外朋友比我年长的居多，现在有不少人已远离人世了，我想通过这本诗词选，让他们永远留在我的心中！还有过去几十年许多同舟共济的同事难以忘怀，因为我与他们未在诗坛上共事，也未曾给他们写过诗，我也想把诗词选赠给他们，分享友谊。还有诗坛上的一些诗友，我曾经给他们写过诗，这些诗已在《何文诗词联集》中，我将通过赠送这本《诗词选》向他们表示敬意！

何文

2010年8月31日于美国波士顿

母亲河——长江

乳汁深深无尽藏，深情哺育好儿郎。
胸怀浩荡存天地，一路欢歌向海洋。

1998年5月25日

访五松山怀李白

五松山郁郁，李白意茫茫。
心痛荀媪苦，情怀百姓康。
秋风叶落木，茅屋月盈梁。
三谢雕胡饭，吟成血泪章。

注：五松山在铜陵。

1988年5月28日

石溪吟

年头岁尾走亲家，古镇重游喜气扬。
乌石神龟临水立，清溪白练好风光。
校园古寺新苗秀，商埠农家大业昌。
多少英才留胜迹，陈年趣事梦犹香。

注：1. 1988年元旦前夕，我来石溪亲家家里过节，写了这首《石溪吟》。2. 石溪小学过去是梅花庵，有众多神像移放生寺内。3. 乌龟石，民间认为风水宝地。4. 石溪镇在100多年前，是水陆码头，商贾云集，手工业星罗棋布，兴盛好长时间。

1988年1月

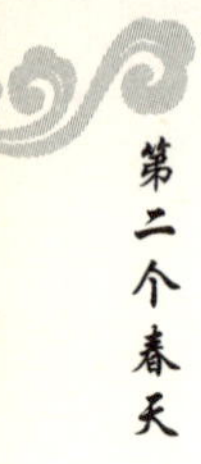

雨

1990年2月13日县电影院开“四干会”，外面雨下得很大，从昨天就开始，触景生情而作。

倾盆大雨路漫漫，眼望农民心不安。
但愿天公能作美，人间烟火要三餐。

1990年2月13日

官桥乡岗西村大旱

水车车水水无源，地渴田干路起烟。
稻缓搂藤芋卷叶，山塘开裂底朝天。

注：我去雨坛经过这里记实而作。

1992年8月25日

县老干部迎春座谈会

盈头白发露峥嵘，幻似峰巅雪后松。
春满人间心绪好，青山不老夕阳红。

注：1991年2月2日上午即席作老干部会议室。

西江月

骏马腾空远去，山羊漫步重来。花儿朵朵向阳开，绿树常青不败。　　改革浪潮翻滚，英雄歌舞楼台。美人金口国为怀，老汉衷心九拜！

1991年2月7日即席作于县下乡干部家属迎春会

双溪忆昔

双溪河畔少年游，大好春光满目收。
古月新花杨柳渡，斜风细雨水云舟。
熔炉火旺朱红面，翡翠山行彩绣楼。
走进浮桥人烂漫，那知岸上暮烟愁。

注：双溪，枞阳县汤沟镇。当年为县委县政府所在地。彩绣楼，标志湖东师范学校，1954—1955年有恋人在此。其它为双溪当年景观。

1992年1月29日

拜谒刘海峰墓

驰名海内大文人，自在安身二百春。
此日躬亲初问讯，何年教授再传神。
云游鹤岭千峰立，鸟唱牛山百韵陈。
自古圣贤多寂寞，清风明月永为邻。

注：刘海峰，系桐城派著名文人。他的墓地在枞阳县金社乡向荣村。

1993年6月19日

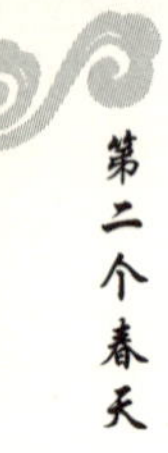

西江月·戴南东桥巷沐家

往日门临渡口，全为贫苦人家。龙飞凤舞向天涯，不是旧时模样。　　二老精神很好，满堂瑞气红霞。一杯水酒去风邪，祝我平安无恙。

注：二老，沐建林父母，我们的亲家。

1993年2月4日

西江月·参观板桥故居

郑老先生久仰，今朝有幸观光。故居陈列很平常，青竹几竿荡漾。　　七品官儿难做，罢官又有何妨？满堂字画夜来香，赢得精神解放。

注：郑板桥故居在江苏兴化市。

1993年春

安庆菱湖瞻仰严凤英塑像

天上人间凤逐鸾，痴情七妹尽情欢。
放歌罗岭牛郎听，起舞菱湖织女看。
日照黄山金菊丽，风吹白水碧莲寒。
华堂丝竹声声慢，粒粒珍珠落玉盘。

注：严凤英，黄梅戏第一代杰出表演艺术家。

1989年11月4日

登山　庆贺枞阳诗词学会成立

成群结队去登山，探胜寻芳兴激昂。
人杰地灵仙不老，天高云淡鹤还乡。
小亭神会心相映，古道花开石喷香。
忽见飞来峰顶上，残阳如血大风扬。

1990 年 6 月 7 日

旅美诗草

送　行

1993 年 7 月 3 日我同君慧乘大轮至沪，到安庆码头送行的有儿媳龙珠、孙儿强强、朋友宣寿父子、小李、小张等。

亲友送行程，温情爱意生。
大江兴巨浪，好侣伴长征。

迎　送

7 月 7 日，亲家德忠及其次子鹏飞，还有同乡小李在虹桥机场送行，乘美国西北航空公司飞机到波士顿，女婿云飞女儿向群在机场迎接。

万里长空万里行，漂洋过海一身轻。
亲人相聚心欢喜，波士顿城无限情。

1993 年 7 月

旅美东北部秋日所见

秋　雨

神女牵丝下，空间无纤尘。
雪杉怀碎玉，碧草伴诗人。

老　柳

老柳何年植？逍遥自在身。
临风枝起舞，婀娜更迷人。

鸿　雁

阵阵南飞去，声声好过冬。
年年思不见，今日巧相逢。

红　叶

八月霜飞早，层层叶片红。
豪情天地里，摇落有无中。

注：地点是麻州莱克星顿镇。

1993 年 10 月 3 日

华府广场一瞥

为迎圣诞节，广场有大圣诞树，50 株小圣诞树，还有小鹿、火炉、文艺演出等。

火树银花放，风光五十州。
高歌人起兴，炉火暖心头。

国会山

富丽堂皇虎气陈，历朝领袖态如真。
一心为国垂青史，民主自由日日新。

太平洋沿域文化展

有中国孔雀东南飞、郑板桥竹子、孔夫子、烟袋、牌九等。

太平洋上好风光，中国堪称第一家。
青竹板桥千古秀，东南孔雀到天涯。

注：以上三首作于1994年12月11—12日。

出席江旺表姐七十寿辰

江旺迎来七十春，看来仍是好精神。
衣单未觉心寒冷，活重难言体苦辛。
做过半生牛马役，治疗几代菜根贫。
今天寿宴多丰富，红烛光前一笑真。

注：江旺渔业村属枞阳县陈州乡。

1996年4月18日

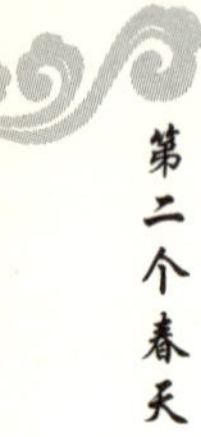

回忆莱克星顿镇　寄女、婿向群、云飞

西去东回越一年，如烟往事尚新鲜。
难忘攻读图书馆，尤念戏游大海边。
松鼠亲亲随我后，雪花朵朵挂君前。
三秋枫叶红如火，飞入心头似欲燃。

注：莱克星顿镇是美国独立战争打响第一枪的地方。

1996 年 12 月 8 日

庆港归留影　赠康老

普天同庆港回归，万众欢腾龙起飞。
我慕书家留小影，同为祖国共扬眉。

注：参观安庆晚晴书画展在康兆郁老写的“洗雪国耻，普天同庆”墨宝前留影。

1997 年 6 月 24 日

安庆晚晴诗书画研究社成立十周年

十载光阴转瞬过，晚晴景色美如何。
云山缱绻诗千首，河汉晶莹画一箩。
走笔龙蛇生气足，开心翁媪笑声多。
渔舟唱晚斜阳里，爱看前波接后波。

注：研究社每周有一次论诗，评诗活动。

1997 年 9 月 25 日

西江月·龙山笔会

菊月龙山笔会，座中都是名流。人文荟萃庆丰收，可有吴王李杜？　　祖国河山壮丽，英雄各有千秋。大江东去抢潮头，九派争先恐后。

红日东升送我，乘风早到杨桥。田间金谷露珠摇，镇上人欢马叫。　　改革大旗高举，心怀万丈高标。精神物质一肩挑，进入机场跑道。

注：“吴王李杜”指吴道子、王羲之、李白、杜甫。

1996年10月22日

西江月·长兴除夕

桌上一坛黄酒，樽前满碗精华。牛羊猪肉鸭鱼虾，笋耳椒花配上。　　此刻迎新辞旧，亲人不在天涯。红灯高照放光霞，小院梅花兴放。

注：1996年我和君慧去浙江长兴县城亲家家里过春节，这一年女儿、女婿、外孙、外孙女从美国归来。

上海滕云阁晚宴

今宵又见鲈鱼美，烤鸭深黄味道鲜。
书业有成人敬重，一杯美酒别情牵。

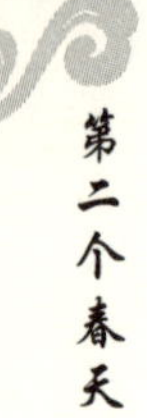

注：滕云阁晚宴，系中科院上海天文台赵铭老师为云飞、向群举办，欢迎他们从美国到上海。

1996年2月29日

为桐城拆县建市而作

大观楼上望龙眠，松竹青青草木鲜。
昔日文坛称霸主，今朝城郭入云巅。
奋飞八县排头雁，媲美三江并蒂莲。
投子晓钟声浪运，练谭秋月共长天。

1996年10月2日

永遇乐·庐阳秀色

大好春光，天生宫阙。国事高参，省情细阅，席上情真切。金鱼戏水，茶花吐艳，卵石池中排列。临湖岸，潇潇洒洒，飞来许多蝴蝶。　　兰亭学舞，街头传艺，赤子下河捉鳖。垂柳牵丝，苍松滴翠，玉竹昭日月。浮雕生意，黄莺清唱，车水马龙不歇。更心喜，梅花兴放，马兰一绝。

注：1. 1991年3月9日省政协会议期间作。2. 庐阳秀色为当时庐阳饭店内外人文自然景观。3. 马兰，黄梅戏著名演员，表演黄梅戏《春香闹学》等剧目。许梅花，安庆杂技演员，当时得法国总统奖归来，亦为省人大，省政协两会献演。

寄太湖聂家铸先生

别后梦南园，山花几度鲜。
春风知我否，魂系草堂前。

注：聂家铸，太湖县人，天主教徒、诗人。

1996年1月2日

寄贵池丁育民先生

人人都说江南好，我爱江南一子民。
学海书山留印迹，描龙画凤梦成真。

注：丁育民，江苏宜兴人，《贵池报》文艺版主编。

1996年2月12日

寄怀宁方逸同志

美好时光又一年，无忧无虑暖心田。
当年热汗无痕迹，剩有斜阳一片天。

注：方逸，枞阳县人，曾任怀宁县委常委、宣传部长。

1997年1月29日

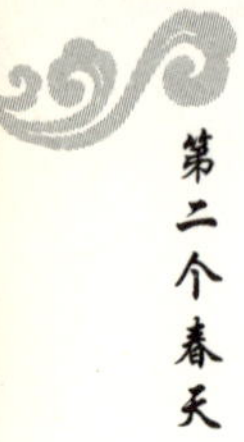

寄合肥傅大章老同志

举目望中原，嵩山熟比肩。
豪情依旧在，风物总无边。

注：傅老，河南人，解放初期任安庆地委书记。

1997年1月31日

寄合肥方浩、张兰香二老

福寿共同修，天天光满楼。
媪翁情切切，岁月乐悠悠。

注：方张二老，枞阳县人，都是远离家乡的抗日战士，他们长期在合肥工作。

1997年1月31日

忆江南·寄泽华、秀容

新年好，二老意绵绵。眼看大桥多雄伟，清晨起舞大江边。江上有飞船。

注：泽华、秀容是武汉、南京大桥建设者，泽华是抗日战士，秀容是君慧同学。

1997年1月22日

忆秦娥·寄美学家郭因

炎天热，满头大汗人未歇。人未歇，山花含笑，绿林豪杰。　　风流宝地神仙悦，泉飞金谷鸳鸯说。鸳鸯说，江南会圣，一湖山月。

注：1991年7月为郭因在浮山规划时作。

安庆周来瑞老同志八十大庆

高山顶上一棵松，经历寒霜与冷风。
春夏秋冬豪气满，青针染遍夕阳红。

注：周来瑞，枞阳县人，1938年参加革命，性刚直不阿。

1997年2月8日

书赠安庆张英杰老同志

知足天天乐，无求月月欢。
去留曾不问，岁岁保平安。

注：张英杰，河北人，文革前，他是安庆地委常委，宣传部长。此日在他家谈了两个小时，欢天喜地，感而赋之。

1996年1月26日

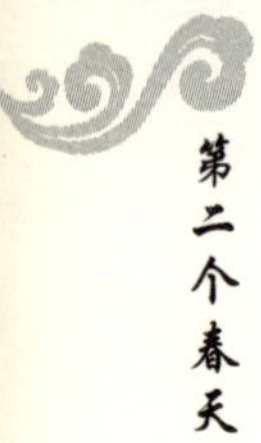

安庆陈逸如先生家过国庆

国庆谈心逸兴浓，书香门第起清风。
诗仙李白常来往，对酒当歌一笑中。

注：陈逸如，怀宁县人，安庆市大龙山诗书画研究会会长。

1996年10月1日

寄彭泽王胜德表兄

彭泽江边可钓鱼，安神养性一身舒。
我无技术增收入，只在家中读旧书。

注：王胜德，枞阳县人，定居彭泽县城。他生活规律，热爱劳动，身体健康。

1997年12月22日

书赠平世同志

同舟共济献忠贞，保驾护航万里行。
雾散云开红日出，风平浪静百川清。

注：朱平世，贵池人，同我共事多年。

1992年1月14日

新年寄镇江贤会、锡英同志

小院风光一崭新，花间两位意中人。
年年依旧怀军旅，万马奔腾总是春。

注：他们是我们同乡好友、贤会、抗日战士，锡英五十年代同我一起在陈湖区工作过，他们离退休后，住镇江干休所，我曾在那里住过多次。

1997年12月28日

寄池州何宗贵先生

历尽沧桑称伟男，霜寒雪冷奈何堪。
江南正值春风起，又吐新丝野老蚕。

注：何宗贵，枞阳人，早年迁住贵池，一生潦倒，文化人，但没发挥作用。

1998年1月5日

文坛　寄马鞍山许效民先生

文坛春意暖洋洋，四面青山入画廊。
愿伴诗仙同步走，白云碧水是家乡。

注：许效民，枞阳县人，在马鞍山市工作。

1997年12月21日

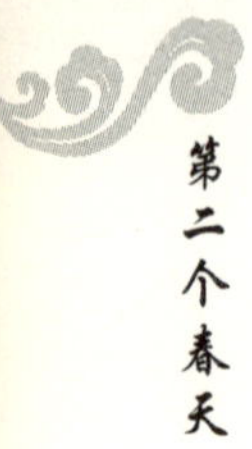

啄木鸟　寄国屏

日出殷殷响，黄昏笃笃鸣。
曾经一击石，梦里几回惊？

注：叶国屏，桐城县人，喜欢发议论，但未得到好报。

1994 年 1 月 25 日

寄咏梅女士

谈天追往日，隔海架长桥。
千载凤凰地，人生风雨潇。

注：史咏梅，枞阳县人，出生书香世家，诗写得又多又好，可惜命运不好。

1994 年 1 月 25 日

新年寄鲍轩老

林中古木越千年，雨打风吹百炼坚。
日月循环多变化，依然挺立在山巅。

注：鲍轩，枞阳县人，县政协委员，抗战时期，曾任国民党军队副师长。

1997 年 2 月 3 日

寄朱泽云先生

折戟沉沙影自怜，一生总觉意难平。
放开眼界观天下，不用忧愁到五更。

注：朱泽云，枞阳县人，黄埔同学会会员。

1998年1月4日

寄张五鹏先生

卜居中国望龙庵，梁孟相安苦亦甘。
八十余年沧海事，南山不语暮烟含。

注：张五鹏，枞阳县人，省文史馆馆员。

1998年1月4日

新年寄陆少扬先生

少年你已把名扬，老大何须八面香。
唯有康宁留自己，好看世界孰称王。

注：陆少扬，枞阳县人，桐城县黄甲区区长，桐城解放时起义。

1997年2月1日

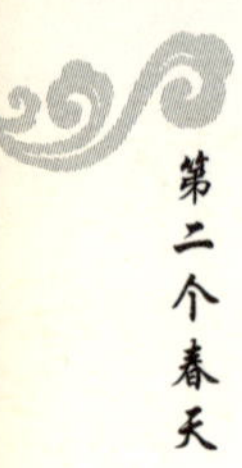

寄朱启纲先生

1996年春天，朱老送我回程，同步三里，不要他再送了，我走了约二里，到了山岗，回头一望，他仍站在那里未动。

步上高岗回首看，老人仍立在田间。
此情此景谁知晓，入我心中影未还。

注：朱启纲，枞阳县人，在抗战期间曾任国民党军队副师长。

1997年1月5日

寄许霁白先生

不老师翁山水间，香烟袅袅白云闲。
悠悠岁月林前过，山上斜阳去复还。

注：许霁白，枞阳县人，教书先生，潇洒诗人。

1998年1月5日

寄耿俊恺先生

想起当年育种人，驰驱阡陌为迎春。
如今良种遍天下，可进龙宫一养身。

注：耿俊恺，高级农艺师，这首诗为他退休而作。

1997年2月1日

章亚中先生家留韵

一桌田园味，满园花果丰。
百年琴瑟好，万里碧云腾。

注：章亚中，枞阳县人，长期在基层工作，诗写得很好。

1992年11月26日

书赠柳杨醉翁

景仰陶元善，欣然访和庄。
瘦人金骨硬，小院铁枝狂。
被白棉绒暖，风生鸡豆香。
双星光满照，杨子水流长。

注：1990年10月11日宿陶醉先生家，老夫妇热情招待，回政协后，特作此诗赠之，以记其事，以表心迹，以示感谢。

菩萨蛮·宿金冲高皖英先生家

纵横阡陌群山列，英雄气势坚如铁。民女结愁肠，有谁问短长？　　高朋心皎洁，抵掌寒衾热。起早岭头游，殷勤地母留。

注：高皖英，县政协常委，每次会议他都能如实反映民间疾苦，他的住地附近有地母庵。

1991年12月31日

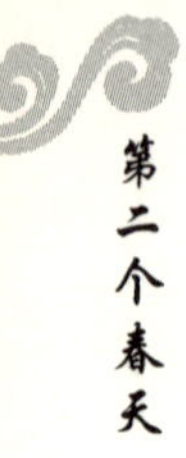

怀念何止诚先生

满面红光雪白须，一身香气净无泥。
饱看桃李花生树，愿献经纶力架梯。
午夜挑灯灯火旺，长途安步步声齐。
青山屹立人长驻，千古丰碑“师”字题。

注：何止诚先生曾创办青山小学和中华文化补习班，为培养青少年作过杰出贡献，他是桐城、枞阳两县著名教育工作者之一。此外，他还是民主爱国人士，曾任县人大驻会常委，省人大代表，副县长。

1991年9月13日

寄怀宁曹振华同志

笑貌堂堂热气生，曹公千载有余情。
汤沟桥上留双影，皖水河边送一程。
历尽沧桑人未老，几经波折月长明。
挺身昂首朝前迈，柳浪闻莺结好盟。

注：曹振华，枞阳县人，曾任怀宁县科委主任。

1993年1月14日

踏莎行·赠世超

古老云岩，良缘奇遇，枝头青鸟人前语。落红一路送春归，难忘阵阵相思雨。　　枞水河旁，莺歌燕舞，芳心难老痴情许。年年梦得好儿郎，多愁善感林家女。

注：查世超，枞阳县诗人。

1992年1月29日

临江仙·寄诗人潘先莲

小立层楼迎日出，心潮澎湃无穷。江边老汉度寒冬，神情依旧好，豪气贯长虹。　　明月有情今古照，诗家弄月吟风。新词填好兴犹浓，仰观天气象，万里碧云通。

注：潘先莲，安庆市人，毕生从事邮电工作。

1997年1月23日

寄台湾梅嶙高先生

沧海桑田入梦频，山高万仞有谁邻？
寒风热浪无情击，盘古到今不变真。

注：梅嶙高，枞阳县人，国民政府高级幕僚。

1997年5月14日

怀念台湾陶春晖女士

怀抱丹心回大陆，百年风雨伴妇人。
艰难曲折朝前进，世外桃源难问津。

注：陶春晖，武汉人，梅嶙高先生夫人。

1997年5月14日

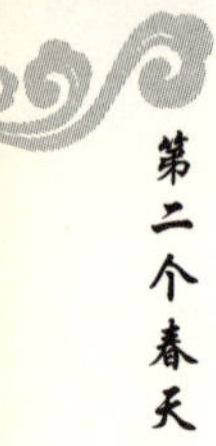

寄台湾钱伯智先生

海边极目望和平，壮丽人生万里行。
历尽长途风雨夜，难忘总是故乡情。

注：钱伯智，枞阳县人，曾任荣总医院部门高级主管。

1996年12月29日

寄台湾吴炳弘先生

炳烛含情亮海船，海风不息动心田。
腾飞海浪铺天地，海上扬帆到日边。

注：吴炳弘，枞阳县人，在台湾政府部门供职。

1997年12月27日

寄台湾王维先生

草长莺飞春日暖，江南红雨涨新潮。
何年再走江南路，好乘清风上碧霄。

注：王维，枞阳县人，荣总分院医师、院长。

1996年12月29日

寄台湾侯书麟先生

新年伊始话当年，人事沧桑几变迁。
日月循环天不老，风流常向白云边。

注：侯书麟，枞阳县人，曾在国民党党务部门服务。

1996年12月27日

寄台湾陈皖声先生

世间多少不平事，包拯也难断得清。
眼看明珠尘土掩，于心有愧却无声。

注：陈皖声，枞阳县人，退休后曾在外企工作。

1996年12月29日

寄台湾刘之峻先生

螺丝山下有人家，一座红楼映彩霞。
今日有缘凌阁望，江流不息向天涯。

注：刘之峻，桐城县人，曾在政府卫生部门供职。

1992年5月6日

寄台湾刘友瑜先生、黄凤兰女士

百里深山美故乡，英姿飒爽探花郎。
灯前诉说人间事，旭日临窗竹叶香。

注：刘友瑜，潜山县人，中文教师。黄凤兰，越南华侨，英语教师。

1991年1月30日

寄台湾疏沛先生

戎马生涯客梦回，枪林弹雨百花摧。
祖宗呵护安全过，天许英雄捧玉杯。

注：疏沛，枞阳县人，军人，上校。

1996年12月29日

寄台湾周铁夫先生

武艺高强铁样身，风吹雨打显精神。
穿梭两岸缘何事，情系人间骨肉亲！

注：周铁夫，枞阳县人，每年多次回乡看望女儿和孙辈。

1996年12月29日

寄台湾陈正平先生

鱼水相亲总未忘，何年重访美家乡。
山前山后在呼唤，一代新人走四方。

注：陈正平，枞阳县人，曾在台北市政府供职。

1996年12月29日

寄台湾连太太

巾帼英雄试比肩，风云变幻度流年。
晴空万里烽烟尽，仙境蓬莱别有天。

注：连太太，福建省人，她来美探亲，她的女儿与我的女儿是近邻，好朋友。

1996年12月29日

题正华、国祥结婚玉照

人生如意事，吉日喜相逢。
天许百年合，辛勤富不穷。

注：正华是表兄陆鸿文幺女。

1994年6月12日

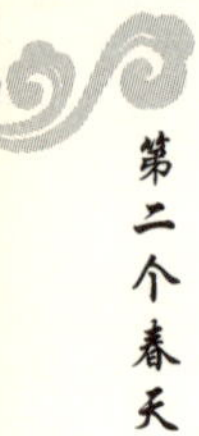

台湾张辅英先生《第三次还乡韵》读后

月月年年怨别离，山河许你赋归期。
亲情体贴浓如酒，日夜吟成白雪诗。

注：张辅英，枞阳县人，在政府财政部门供职，诗人。

1994年2月14日

奉和台湾张慧中女士宜城瑶韵

有缘千里来相会，开遍榴花艳草堂。
明月高悬肝胆照，天生灵性自成章。

注：张慧中，枞阳县人，诗人。

1992年6月17日

忆江南　步台湾张鹤先生韵

南湖日照一天蓝，雪化冰消大地酣。
万物复苏春意暖，行人笑语步江南。

青山雨后白含蓝，仙隐禅栖相国酣。
盛世弦歌连两岸，莺飞江北又江南。

注：1. 张鹤，枞阳县人，著名诗人。2. 青山石屋寺，在枞阳县境内，为明末宰相何如宠读书处。

1991年1月2日

台湾书法家王恺和先生还乡感赋

蓝天雨后彩云飞，仙鹤乘风下翠微。
何处黄莺鸣絮柳，谁家紫燕入柴扉？
江山明月仍如是，城郭人民似已非。
往事不堪回首顾，百花开放醉人归！

注：王恺和，枞阳县人，解放前曾任潜山县县长，台湾六大书法家之一。

1990年8月5日

台湾疏植楷先生惠赠檀香佛珠有感

一本正经默念中，白云生处宝灯红。
峰回路转书生践，扑朔迷离童子穷。
地狱未空难作佛，天堂还有可怜虫。
香珠常挂蓬山住，暮鼓晨钟两袖风。

注：疏植楷，枞阳县人，诗人，曾在他的家乡白石乡边山村建立先父“孟涛图书馆”。

1990年5月31日

寄台湾王锡五先生

梦里时常忆旧容，柳杨村里日升东。
山花开放赢人醉，极目大江浪几重。

注：王锡五，枞阳县人，热爱家人，广交朋友，经常回乡。

1997年12月23日

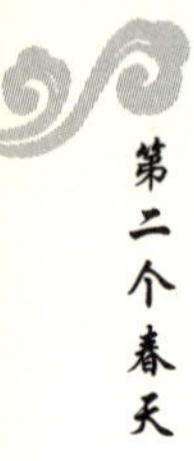

家乡好　寄台湾表兄

频频书信问家乡，风土人情总未忘。
六十年华霜染鬓，两千里外月盈梁。
石矶集市人如鲫，农富粮棉陌上桑。
浩荡长江波浪激，新开已换旧时装。

注：石矶头、农富村、新开乡，地名，在长江北岸，是表兄出生地、原居住地。

1987 年 9 月

何家中山

何家一族住中山，古木葱茏映草房。
日起南河天灿灿，月明广济路茫茫。
枝头白鹤生机旺，水里青鱼逸兴扬。
草顶露珠童子牧，红莲绿柳伴归帆。

注：儿时追忆，南河指南河场，广济指广济圩。

1989 年 2 月 27 日

怀念先母张氏

胸怀博大内呈祥，望子成龙不吃糠。
五十华年生绝症，八千里外寓凄凉。
墓园依旧山连水，茅屋犹存月满梁。
遗恨黄泉尘世隔，抚思无计泪成章。

注：母亲没有名字，旧社会穷人家里女孩子都是这样。她病重时，我对她说，我去青阳搞“四清”，逝世时我不能回来，她点点头。

1996年2月29日

答陶、高

我系中山一子童，幸逢时运入龙门。
饱经卅载风雷激，深得无边黎庶恩。
怒斥强权曾不悔，爱怜弱女永存温。
而今不坠青云志，陶醉桑榆欲断魂。

注：1. 陶醉，枞阳白石乡人；高皖英，枞阳龙桥乡人，有识之士，赠诗给我，欣然答之；2. 何家中山，是我的出生地。

1989年1月

月月湖

湖山辉映紧相连，山满霞光水满天。
一路人歌一路语，半湖菱角半湖莲。
鱼怜露汁头抬吸，鸟爱花香眼下牵。
水上人家清气满，自然美景乐怡然。

注：月月湖在枞阳县城。

1989年5月1日

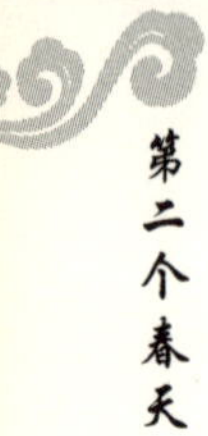

书赠儿、媳向军、龙珠

人生在世苦而艰，历尽长途几转弯。
道路崎岖无捷径，任劳任怨可登攀。

遍地花开放眼量，龙飞凤舞各呈祥。
攻书学技思前进，才是人中好女郎。

1998 年 1 月 29 日

书赠孙儿强强

男儿立志为图强，苦读寒窗不可忘。
万丈高楼基础好，天高海阔任翱翔。

1998 年 12 月 8 日虎年初一

端午节，爷奶带孙儿游迎江寺

迎江古刹誉神州，塔上风云不老秋。
笑佛开心迎面笑，游人惬意信天游。
孙儿戏耍阿弥殿，爷奶迷观书画楼。
扬子波兴商贾客，龙山绿水绕城流。

1988 年 6 月 19 日

喜读《铺架信息国道的湖州人》一文有感

湖州报导一枝春，故国花开气象新。
世界潮流澎湃急，功名应属后来人。

注：这篇文章报导20世纪90年代女婿云飞回国服务事迹，老亲家为我寄来这张报纸，阅读后有感而作。

1997年1月29日

女儿向群从美国波士顿回家

出门越九载，今日把家还。
时念人中圣，途经海与山。
风云多变幻，岁月未安闲。
美美青春梦，醒来佩玉环。

1996年

外孙儿查理

从小就忠厚，张家出正人。
坚强如柱石，总是力图新。

1996年12月8日

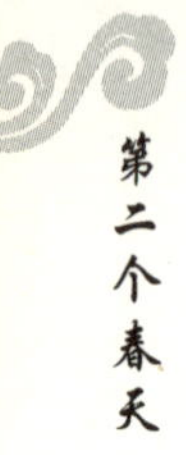

外孙女莉碧

日日笑盈盈，新苗雨后生。
勤劳爱主动，脑海育精灵。

1996 年 12 月 8 日

公公婆婆带查理戏游查尔士河之畔

雨后蓝天柳色新，秋光清淡正宜人。
小车滚滚朝前去，笑语声声响碧空。

1993 年 10 月 28 日

上海虹桥机场送莉碧返美

别别离离一刹那，婆婆紧抱泪轻弹。
亲情最是人难舍，远走高飞不忍看！

1996 年 5 月 27 日

水调歌头·寄女、婿向红、建林

去国谈何易，谋职几多难。中华儿女真好，挺立在人寰。不怕路途遥远，不怕风狂雨大，书业重如山。步步朝前进，汗水已漫漫。　　面包好，车子有，卧能安。小星天上闪，心里喜开颜。二百元钱很好，会有财源跟上，只要肯登攀。渥太华幽美，红日照林间。

1997年6月13日

外孙女沐伦看书留影

满架新书伴沐伦，凝神细读长精神。
通天大道阳光灿，学海扬帆万里春。

1997年12月3日

书赠外孙女沐佳

举目望佳佳，精明应属她。
后生诚可畏，来日赏奇葩。

注：佳佳时年9岁。

2010年7月4日

强强、伦伦坐河南花轿

大红花轿四人抬，小哥小妹笑颜开。
深情奶奶镜头选，前后喇叭吹起来。

注：在安庆菱湖公园。

1993年1月10日

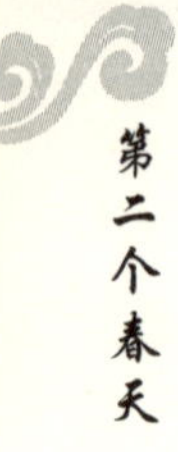

奶奶、孙儿同坐宇宙飞船

祖孙心喜上飞船，上下翻飞云海穿。
还说今天情绪好，昏昏欲睡赛神仙。

1993年春节正月初二

接中华诗词学会通知入会

十年辛苦为谁忙？赢得香山一瓣香。
从此花开春富贵，美人伴我舞华堂。

1997年1月10日

君慧临行前为我买米有感

今世姻缘前世修，爱河水满水长流。
分身两地同心结，一日三餐各自筹。
怜我无能难入市，感君厚意几回头。
何年共剪西窗烛，不用奔波不用忧。

1989年

惦　念

君慧为建房操心，夜不能寐，百病随来。

床头小叙意如何，创业艰难感慨多。
送去红颜留梦幻，迎来白发寓蹉跎。

天长地久神仙醉，月白风清鸥鹭和。
何事忧愁愁满腹，应斟美酒放高歌。

1990 年 11 月 7 日

念奴娇·六十抒怀

秋风萧瑟，有心人，梦想水中捞月。孔老先生堂上坐，口口声声先哲。怒目横眉，江湖义士，誓把豺狼灭。初生牛犊，四方朝拜心切。　　小花开放村旁，草地生辉，古木发新叶。吐气扬眉天外走，堪笑一时豪杰！鱼跃深渊，鸟飞高树，万里关山越。而今花甲，有谁为我评说？

1992 年 2 月 4 日立春春节

蝶恋花·结婚四十周年

一阵春风轻拂面。天许情人，外出寻芳伴。从此双双梦里见，甜言蜜语心无怨。　　彩蝶飞来也为恋。起舞翩翩，总是偷望眼。香气迷人红粉瓣，催开丽日花光艳。

1996 年 11 月 22 日

为我七十寿辰作

幺女向红来电：七十寿辰是人生亮丽时刻，应该庆祝，接着收到贺卡，贺信。

隔洋电信远飞来，推动宜城寿宴开。
七十人生如梦幻，真心儿女记心怀。

寿

安庆瑞丰大酒店餐厅壁上挂一红色“寿”字为我祝寿。

寿字红红挂壁间，今天席上我为仙。
瑞丰也有情和谊，祝我生存到百年。

2003年6月

为金婚五十周年作

1956年11月22日我与年轻姑娘君慧有幸结成连理。年轻时，她的右肺上叶切除，退休后，她的膝盖骨骨折，两次手术。中年时，我一次工作中倒下，经医师测量血压发现我患了高血压病，最近发现并发症冠心病。在经历这些疾病折磨的情况下，迎来结婚五十周年，尤其是亲眼看到后辈们的智慧和能力远远超过我们这一代人，我感到无限欣慰！从现在起，我们将继续实践百年之约，走向未来。

唇齿相依五十年，一呼一吸两情牵。
迎风冒雨双飞燕，戴月披星并蒂莲。
戏水鸳鸯春永驻，盘山松鹤影留连。
征途过客朝前看，红日西斜光满川。

2006年11月22日于波士顿

读后语

诗作者，做起事来，总是激情奔放，倾注心血。在诗苑里，他也是这样，努力耕耘，孜孜不倦，捕捉生活中的灵感和印象，织成诗的语言，描写人文事物，情深意切。我如此褒扬本诗词选，因为我们形影相随，十分了解他的心声和诗作背景，我这样评说，也许夸张了吧。据我打过字的《何文诗词联集》里，有为普通百姓、杰出人士、伟大人物写的诗篇，也有不少诗抨击腐败方面的人和事。我们也曾谈到，今后视其身体健康状况，如能再推出一些新诗集，那时我将乐意继续协助做这件事。

史君慧　2010 年 9 月 1 日于波士顿

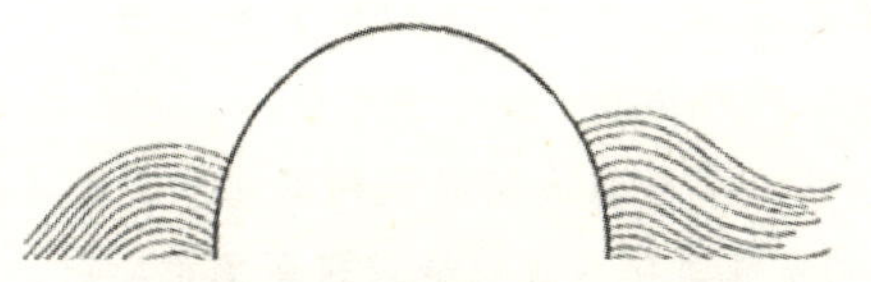

何文诗词选　二

前言

本诗词选所涉内容还是以我夫妇为主，包括我们亲身经历的机构变革、伤病缠身的一些感受以及对令人尊敬的家乡长者、那些难忘的朋友、不幸悲惨遭遇的父老乡亲和生我育我早已离世的祖辈父辈的怀念。此外，还列出家乡美的一些典型和人民生活改善笑逐颜开的趣事。我今年已满八十，还想编6—8个小册子供大家分享，希望与我同时代的同事们、朋友们或比我晚生10—20年的追随者能从我的诗词联全集中跳出，闪现在未来新编的小集子上。祝大家认真学习生命科学，并身体力行，向百岁方向努力！

何文　2013年5月14日

怀念杰出外交家黄镇

去年有幸过家门，气壮山河日月吞。
一席乡音谈国事，几支心曲奏江村。
黄山滴翠故园美，枞水欢腾游子尊。
吻别神童天国去，长虹溢彩石林温。

注：安徽省枞阳县横埠镇黄山村是黄镇出生地。神童指黄镇老人紧抱家乡儿童合影。

1989 年 5 月 1 日

怀念革命前辈张恺帆

中华儿女论英雄，古老黄山育劲松。
午夜奔驰星火旺，铁窗吟咏曙光红。
为民请命掀锅盖，报国精忠撼太空。
文化新村花竞放，大潮澎湃总流东。

注：张恺帆，安徽无为县人，曾任安徽省委书记处书记，三年困难时期，他到家乡视察时掀开每家锅盖，看看农民有没有的吃。庐山会议后他被定为右倾机会主义分子，后得到平反。他是著名书法家，省文化界在合肥长江路上空曾经竖立的“文化新村”四个大字是他所书。

1991 年 11 月 6 日

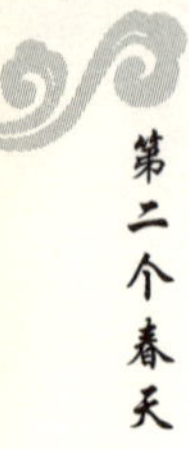

谒革命先驱陈独秀墓

清明时节养花天，敬献花环到墓前。
昔日荒坟初变样，伟人安卧在山间。

看陈独秀生平展

一生奋斗未曾休，奔走呼号为自由。
贫病交加茹苦斗，风吹雨打不低头。

注：1996年春，市政协组团去安庆城郊拜谒。

参观潜山县出土文物展

石器磨成日夜忙，功勋卓著万年长。
斑斑血迹依稀见，不禁悲欢泪满眶。

注：1990年秋，出席潜山县政协联谊会作。

鹧鸪天·怀诗圣杜甫

笔架山尖伴彩云，古窑洞里孕诗魂。山环水抱花含笑，中国吟坛出圣人。　　天暗暗，地昏昏，老妪有难泪倾盆。冲天怒火烧三吏，赤子心声天下闻。

注：河南巩义县南窑湾村是杜甫出生地。

1996年9月9日

重访小方庄

永记当年吃食堂，一天七两闹饥荒。
农民日子更难过，死里逃生梦一场。

今天来到小方庄，不是当年吃食堂。
田地已经分到户，炊烟四起暖洋洋。

注：小方庄在枞阳县官桥乡，当年东方红人民公社（即官桥区）的干部在这里就餐。

1996年4月27日

参观五老图书展

穷不丢书志气豪，忘机老叟泪滔滔。
莫愁前路无知己，燕语莺歌日月高。

注：张五鹏先生家十代书香，藏有大量书籍字画，红卫兵破四旧时烧毁很多，这是剩下的小部分。

1989年9月22日

听桐城老妇一席谈

1996年1月7日同乘133号下水轮。

家在桐城沙子岗，一人独住小平房。
自留菜圃鸡生蛋，子种农田我有粮。
常吃鲜鱼少吃肉，身穿也有好衣裳。

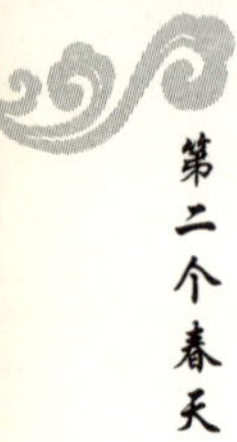

锻炼筋骨身板硬，从来不需开药方。
应邀前往苏杭玩，女儿情长想探望。
老伴早去看山了，孙儿满目已成行。
青壮外乡找工打，赚得钱来奔小康。
此次远行路已熟，还要再去杭州玩。
花生荞麦糯米饭，一路吃来一路香。
看她笑口眯双眼，投笔传神记一章。
横港我将下船走，祝她一路乐而康。
长江后浪催前浪，老妇心宽日月长。

1996年1月10日

浦江宴

枞阳城关镇居民姚张夫妇新居落成，女儿出嫁，应邀赴宴。他们家过去拉板车为生，现在做环保工作。

喜气临门眉展颦，浦江设宴慰亲邻。
嫁妆摆满新楼上，幸福来源含苦辛。

穷人孩子早当家，好手一双众口夸。
今日乘风飞出去，娘儿满面泪如花。

1992年11月15日

为王婆正名　寄国屏

自卖自夸自种瓜，市场搞活为谁家？
偏偏还有人讥笑，否认王婆是朵花。

1997年2月1日

一家大小进城来，菜市场中局面开。
有道经营人意好，摇钱树下乐开怀。

注：俗语“王婆卖瓜，自卖自夸”反其意而说之。

1998年1月2日

拦路虎

安庆市后围墙居委会在后围墙进口处设“拦路虎”，不准有关单位小汽车进来，看布告后作之。

装上拦路虎，小车不让行。
减尘又可静，此举得民心。

1996年12月11日

浣溪沙·寄省参事室郭参事

谁为人民鼓与呼，穿村走户拜村姑。风吹雨打不嫌孤。
参事生来谋划策，胸怀坦荡数荣枯。民生大计竟何如？

注：郭崇毅，安徽省参事室副主任。

1992年5月12日

书赠黄埔学会枞阳小组

黄埔约我写诗篇，小辈寻思倍感缘。
弱冠从戎御外侮，古稀举目望团圆。

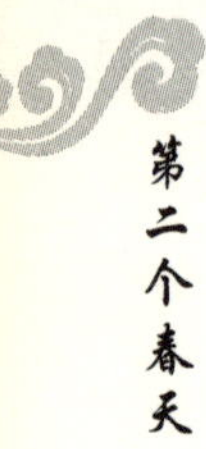

年虽暮矣心犹壮，境纵贫兮志益坚。
胸内涓埃流不息，让她汇入大洋川。

1992年11月29日

题官桥区县人大代表团合影

莲湖楼上好平台，四十英姿笑眼开。
开放心花光绿树，庄严证件染红腮。
青山不老留春驻，秀水长流逐浪来。
历史画廊存一影，人民抬爱莫忘怀。

注：我是代表团一员。

1988年1月4日

五　律

清晨步行月月湖，见湖边一住户门联：“江山千载美，祖国万年春”。我为之感动，当天信手缀成五律。

枞川神圣地，碧水隐龙身。
白首追新侣，红颜恋故人。
江山千载美，祖国万年春。
开辟桃源境，渔夫好问津。

1991年1月16日

月月湖洗衣女

晨光初露到湖边，为洗衣裳早废眠。
湖水涟漪山影动，容姿焕发映心田。

1998 年 5 月 1 日

江旺渔业村船工遇难

昨天落水亲儿死，今日父亲又丧生。
剩下年轻小娘子，江心掌舵靠谁人？

人间多少辛酸事，血泪凝成留苦衷。
咬紧牙关冲过去，高山顶上是青松。

1996 年 4 月 18 日

敬呈张复周先生

百忍先生名复周，连城湖里一沙鸥。
风和日丽寻芳草，月白风清上小舟。
雨柱临头收羽翼，浪花陪伴弄风流。
全身洁白天成就，万类霜天竞自由。

注：张复周，连城湖人，建国前后枞阳小学教导主任，著名教育工作者。

1988 年 12 月 6 日

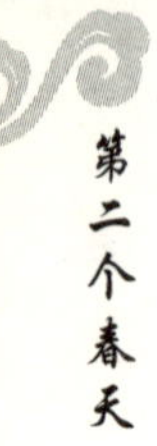

怀念周庆云医师

喜庆天公转巨轮，施湾居士一朝伸。
廿年牛鬼蛇神累，十载身心耳目欣。
起义求新志已定，临终怀旧意存真。
秀珍情洒酸甜泪，我敬尊容几度邻。

注：周庆云，枞阳县陈湖施湾人，国民党时期的军医。解放后，县医院医师，多次给我看病。平反后，任县政协常委。秀珍，是周庆云陈湖医院同事。

1989 年 1 月 21 日

思念杨正明同志

月湖水草白花开，不见杨郎今再来。
往日情联话小径，今朝世隔独徘徊。
呕心史志贤能继，沥血诗篇神鬼哀。
我失良朋痛不已，多酿美酒慰君怀。

注：杨正明，同我一起在县委宣传部工作过，生前是县志办副主任。

1988 年 5 月 23 日

惊闻吴本初逝世

三棵小草人前立，全靠精心培植功。
目送园丁离职去，飘飞泪雨夕阳中。

注：三棵小草指安庆文史资料 24 集上为我发表的三首小诗。

1993 年 3 月 3 日

怀念舒服才同志

生前死后人夸奖，壮志豪情火热心。
日夜操劳闲不住，一湖山月影难寻。

注：舒服才，水产专家，县政协委员。

1991年12月14日

怀念和生同志

皖水渔人心境明，绿杨掩映小舟行。
和风细雨桃花醉，十里长河惊落英。

注：操和生，潜山人，1987年春来我县任县委副书记，1989年秋病故，时年49岁。

1990年9月6日

东初春归

魂系罗庄今日还，安贫乐道一身闲。
红尘紫陌人排队，绿水青山鸟列班。
多少年来怀故旧，万千语出恋乡关。
黄童白首迎春日，十里金花开笑颜。

注：何东初，枞阳县罗庄人，抗战时期任桐庐县长，建国前任安庆孤儿院院长，建国后任省文史馆馆长。这首诗记述省文史馆会同家属送何东初骨灰去安庆长江洒放，经过老家，乡亲迎送情形。

1989年4月6日

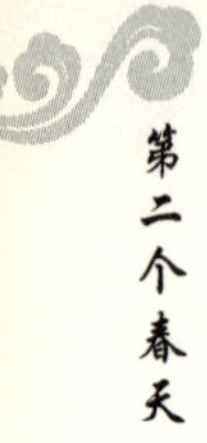

怀念前安庆地委书记许少林

1997 年 11 月，安庆报载，许少林同志在京病逝，我深感悲痛，写一组小诗纪事。

一　听课

金氏祠堂作礼堂，哲人出现好风光。
人民事业如花灿，马列红旗天上扬。

注：1950 年，许少林是桐庐县委书记，这年初夏为学员讲社会发展史。

二　救灾

灾民生活挂心肠，打好背包走下乡。
同苦同甘为革命，田头村落话家常。

注：1950 年 6 月许少林带县委工作队到汤沟区大枫村搞救灾。

三　调研

面向基层觅素材，辛勤培育百花开。
和风细雨鱼游水，亮丽珍珠滚滚来。

注：许少林任安庆地委书记期间，常到下面调查，当年我在区委工作，曾向他汇报基层情况约有六七次之多。

四　革命一生

一生革命国为家，掏尽红心理乱麻。
扬子江边留胜绩，高风亮节后人夸。

1997 年 11 月 28 日

庆祝“六一”赠县幼儿园

鸟唱千山绿，花开到处红。
小荷刚露角，美入画图中。

1990年6月1日

枞中欢度教师节口占

东方欲晓泛红霞，桃李芬芳入万家。
我爱园丁心意美，带来一束牡丹花。

1989年9月10日

纪念国际护士节

人面桃花日日红，星光闪烁月朦胧。
轻声细语床头问，一瓣馨香五月风。

注：上海瑞金医院高血压病房作。

1991年5月18日

安庆市看花展

仙女腾云下，提篮采百花。
龙蛇同起舞，杨柳伴飞槎。
孔雀开屏展，熊猫众口夸。
街头风景点，光照好多家。

1990年10月1日

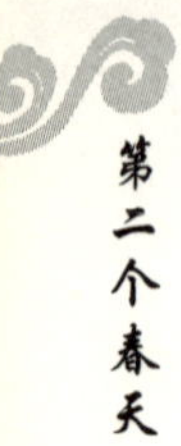

枞阳县城看焰火

喜气临门满，空间万点红。
湖中动碧水，江畔立青峰。
焰火飞天笑，琼楼景象融。
参观人激兴，时起欢呼风。

1990 年 10 月 1 日

婚宴一瞥

丙子年腊月初八，我有幸观看宜城红房子几对男女结婚宴请，还在其他宾馆看过类似景象，作这组小诗记之。

双双含笑立门前，女捧鲜花男敬烟。
吉日良辰心境好，现场摄像影翩翩。

金光闪烁满头巅，心爱人儿结喜缘。
娘子风衣红艳艳，劲吹号角动心田。

佳肴美酒宴嘉宾，谈笑风生鱼水亲。
新妇新夫同敬酒，一时站起满堂人。

真情相许是情人，落落大方满目春。
不见旧时闺阁气，同舟共济到天津。

注：天津，银河别名。

1998 年 1 月 7 日

宿姚胡庄明德同志家

小院谈天浩气扬，满堂散发古书香。
老年戒口能增寿，大病临身试药方。

注：胡明德，建国初期参加工作，长期担任基础领导，很能干。他两次患癌，积累不少抗癌经验。

1993 年 3 月 22 日

十六字令·松

松。直立深山第一峰。风云会，沟壑浪千重。

松。不怕空间万里风。东方白，峰上影摇红。

注：赠将军乡农民企业家。

1992 年 10 月 27 日

寄维华同志

枫林湖畔碧云空，绿水青山烟雨濛。
荡漾画舫人半醉，漫游诗海浪千重。
抱琴一曲清音美，掩卷三思气象雄。
感动嫦娥明月夜，芳心飞出广寒宫。

注：周维华诗文底子深厚，他是枞阳诗窟中的一位贤者，智者。

1993 年 1 月 4 日

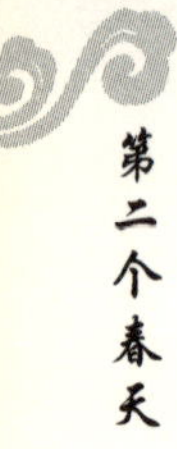

寄舒靖南先生

锅贴为家计，风吹小巷香。
有人抒彩笔，难写秘珍藏。

注：舒靖南，枞阳城关人，县政协常委，改革开放后，他与老伴在幸福巷开了一个锅贴饺子店，生意很好。

1994年1月26日

拜访陶肇唐先生有呈

陶公五柳门前绿，日照东窗满面红。
一阵清风送客去，修身高卧月明中。

注：陶肇唐，县人大代表，国民党时期做过县长。

1991年5月10日

布谷鸟　书赠张强诗翁

口语声声爱意多，农民感动泪滂沱。
眼前好景劳君看，万里山河涌碧波。

注：张强，山东人，南下干部，改革开放后，他牵头创办安庆诗词学会和晚晴诗书画研究社。

1997年4月23日

寄上海吴绍烈先生

应记宜城一面缘，更怜海上寄诗篇。
故乡情结多微妙，谁在江边望客船？

注：吴绍烈，望江县人，在上海大学任教。

1998年1月26日

题胡山高先生《上山虎》画

奔驰何处有深山？为保安宁怎得闲？
昔日猎人今在否？心惊胆怯过重关！

注：胡山高，枞阳人，擅长画虎，曾因画虎有影射之意，被打成右派。

1997年1月27日

寄张贤仪老师

无雨无风天地安，行人外出也心欢。
归来已是黄昏近，应把斜阳仔细看。

注：张贤仪，二中教师，曾被打成右派，平反后成家，家庭幸福。

1996年2月12日

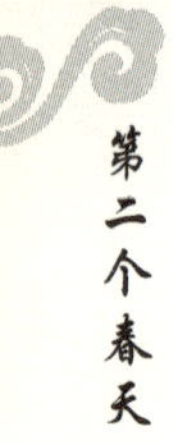

祝福项信忠先生

一门三秀仰高堂，二老心花万里香。
贤婿乘龙天外去，风云际会日忙忙。

注：枞阳县人，黄埔学会会员，三个女儿很孝顺，他和老伴非常开心。

1992年2月1日

参观安庆市迎“三八”老年妇女书画展

梁山一百零八将，文宫一百零八幅。
秀气轻轻天上浮，小草融融地面绿。
飞泉泻玉响叮当，国色天香迎日出。
鸟儿枝上一排排，虾儿水里好诙谐。
晨鸡一唱东方亮，虎啸三声威武来。
美人歌舞笑开怀，桃源仙境撩人爱。
老汉不减当年勇，老妇犹增今日宠。
花花世界觅蓬莱，茫茫人海见风采。
我来观赏兴倍增，座上多是有情人。
异口同声赞不绝，万里长征再飞越。
七十古稀学有成，寿登百岁共迎春。
艰难拼搏神犹在，明日再来观沧海。

1998年2月23日

西江月·江村六月

三八六一九九，放牛割稻看堤。精神饱满笑声迷，演出人间小戏。　猪黑鸡黄鹅白，豆长瓜熟苗齐。东方红日忽偏西，蓬勃生机画里。

注：三八、六一、九九代指妇女、儿童、老人。

1992 年 7 月 20 日

江堤步行

独行七八里，来去很从容。
举目农家事，心思九万重。

我言我是中山人，父老儿童格外亲。
各自漫谈心内事，乡情似酒酒香醇。

1992 年 7 月 20 日

题桃山敬老院

一座新房平地起，几畦小菜叶青青。
桃山自古人情暖，日照苍松延鹤龄。

注：桃山村属金社乡，过去是模范村。

1992 年 11 月 26 日

池州港

汽笛几声鸣，大轮江上行。
人情难得老，几望池州城。

1992 年 11 月 11 日

江　猪

珍稀动物两江猪，出没波心心自舒。
不是天生宝一对，为何同气又同嘘？

1992 年 2 月 11 日

月瀛留影

四面湖山紧紧连，瀛瀛月色倍增妍。
高歌一曲南天会，醉酒千杯北海泉。
老马奔腾齐喝彩，征途竞走益弥坚。
人间多少情和爱，风雨同舟万里船。

注：月瀛湖在铜陵县境内，应铜陵县政协邀请作客漫游。

1991 年 12 月 21 日

书赠彭泽县政协同仁

三秋时节进龙城，迎面黄花里外馨。
江上琼楼留客醉，席间红袖道风情。
渔舟唱晚金乌下，陶令行吟玉兔升。
久恨长天云水隔，思君难见梦频生。

注：龙城，彭泽县城，我去这里走亲戚，县政协得知邀我赴宴，有感而作。

1996 年 2 月 4 日

忆江南·彭泽令

新官到，理事大明堂。迎见督邮腰要折，长啸一声去官场。不干有何妨？　　柴桑好，九月菊花香。松菊犹存三径扫，半耕半读一天忙。酒醉过千觞。

注：督邮，高官官衔，彭泽令系芝麻官。

1996 年 2 月 5 日

献给浮山笔会

客　至

莲湖宝地筑楼台，阵阵清风迎客来。
大好江山红日照，芬芳泥土绿杨偎。
青丝万缕波兴起，白发三千浪逐开。
放下屠刀成活佛，我悲我喜我徘徊。

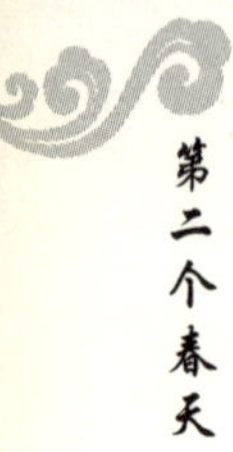

浮　石

山浮水面水浮山，满载游人日日忙。
无垢无尘无可乐，古香古色古莲芳。
火烧亿载玲珑秀，浪打千秋神态昂。
浮石我曾多拾得，看它俯仰像儿郎。

注：1. 浮山笔会系县委宣传部主办，应邀出席。2. 无可，浮山十六代住持僧，明末清初思想家，科学家方以智。

1988年5月6日

戊辰年陪怀宁政协友人游浮山

来去匆匆影未留，形神兼备度清秋。
山衔翡翠晴光满，石刻珠玑翰墨稠。
野草芬芳伴我舞，群峰屹立冀君游。
并肩上下心相印，雀闹枝头叫不休。

注：当年我们都没有照相机，未留影。

1988年12月11日

陪陈德辉等省政协委员视察浮山

正值深秋红叶时，又逢仙女织天丝。
峰围雾霭云中俏，径满苍苔足下滋。
飞瀑流光音溺溺，劲松滴翠韵迟迟。
何人走笔岩花赞，惊动禅林远录师。

注：郭因，省政协常委，美学家，以书法作《岩花赞》。

1990年1月21日

陪安庆市委统战部长赵健升一行游浮山

停车竞走上浮山，耳听风声一路狂。
会圣崖前谈佛事，双瞻阁上研华章。
红梅开放香千里，绿竹幽闲守一疆。
万里高空飞玉屑，母亲大地饮琼浆。

1991 年 1 月 4 日

陪市政协吴斌秘书长一行游浮山

史记浮山庙宇多，一千和尚口悬河。
玲珑剔透山连水，空气清新鸟爱萝。
七级浮图还佛愿，法轮常转拂尘歌。
华严古寺今安在，游客依稀逐逝波。

1991 年 5 月 10 日

辛未初夏陪江南友人游浮山

白鹤盘飞山一边，枝头滴翠草含烟。
天河坠玉心灵美，石刻摩崖国宝宣。
野老吹箫神自若，主人引路客安全。
江南才子多灵气，曲曲笙歌颂大千。

注：这次游山听到一位浮山附近的艺人在山上吹笛子，真是好听，可能与山谷回音有关。

1991 年 5 月 19 日

柘树墩怀古

难找当年荆棘丛，绿杨碧水韵无穷。
吴郎天赐金沙壤，何氏皇封瓜菜葱。
百载沧桑龙宝地，千年华夏玉晶宫。
铜墙铁壁英雄现，风口浪尖眼界空。

注：柘树墩，铁铜乡政府所在地。四百多年前江沙潮积逐渐形成铁板，铜板，玉板三洲。吴郎，钱桥人，第一位开荒者。明末皇帝把这个地方封给相国何如宠夫人作小菜园，现在是著名的棉花产地。

1989年12月30日

凤仪留韵

四面迎江一叶船，意杨新秀舞翩跹。
棉田潮润全堆绿，水道黄金天际连。

注：意杨，系新品种。县乡镇企业会议组团到凤仪乡考察。

1992年8月28日

访城山凹

城山凹是国民党著名人士方治先生家，我特来看风水，了解历史。在山顶上我走完跑马岗，观日出和山下湖泊农田，好一派秀丽景色。方治元配夫人在这里过了一生，信佛尊孔。光霞，是方治侄女，在她家住了一夜，听她和她的先生给我谈方家历史，此外，我还仔细看了方家过去的陈年老屋。方家祖宗在四川、云南做过知府，官宦人家，由来已久。

城山跑马客销魂，庄上人家笑语亲。
古井依然清水溢，新篁乃是旧时根。
传经尊孔迷天命，学外兴中誉国门。
日放光华真相白，五洲四海有王孙。

1990 年 3 月 1 日

清晨登天峰寺

北风迎面上天峰，洗涤尘埃俗虑空。
紫竹丛林空色相，莲花宝座佛颜融。
妙容礼拜经书念，信士摩崖寺史穷。
大步流星神奕奕，飞身偷入帝王宫。

注：天峰寺在官桥乡合意村山上，菜子湖边。妙容，该寺住持。其它，系寺内外景观。

1990 年 12 月 20 日

水调歌头·出席太湖安庆八县三区政协联谊会

古县新城好，一眼望无边。华堂碧玉陈列，金谷满庄园。壮丽龙宫闪现，八县三区云集，红豆众人传。旭日东山起，明月到窗前。　　赵文楷，琉球任，结文缘。堂堂大国天使，美酒醉心田。更有儿孙六世，说是太湖儿子，老泪热涟涟。高士禅林立，山水共长天。

注：儿孙六世，指全国佛教协会会长赵朴初，他是太湖人，赵文楷是他的祖父。

1992 年 10 月 30 日

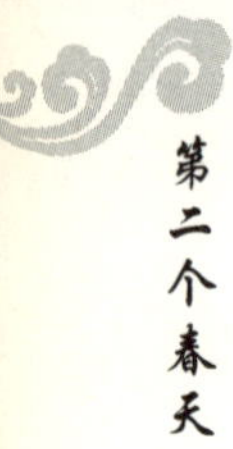

告　别

太湖八县三区联谊会作，赠即将离任的诸同志。

十月艳阳天，黄花格外鲜。
明朝分手去，重聚在何年？

1992 年 10 月 30 日

拜访一百零二岁老人有感

步履茫茫路不迷，人生一百现时稀。
如何赢得天年寿，应是人间美话题。

运动不停为上计，保持淡泊可延期。
面临烦恼糊涂过，物换星移志不移。

注：1993 年春拜访这位老人于江苏省兴化市戴南镇。

游览瘦西湖

古老瘦西湖，人称赵小姑。
琼花头上戴，画舫手中扶。
日日陪佳侣，年年不觉孤。
小楼明月夜，心里数荣枯。

注：历史上有人把瘦西湖比赵飞燕，西湖比杨贵妃。

1993 年 3 月 25 日

西江月·朝圣

少年拜过孔子，老大亲临孔家。如流岁月事如麻，景仰高风不散。　　今日登门朝圣，明朝赶路观花。鲁音盈耳似平弹，好伴车轮轻唱。

1991 年 6 月 24 日

皇帝尊孔

半部论语治天下，中国圣经威力大。
帝王曲阜多劳驾，身带白银千万两。
顶礼膜拜为了啥，未曾说过心里话。
稳坐江山不想让，最终还是上了当。

1991 年 6 月 24 日

应中国诗联研究会征集“新四君子”作

春　柳

扬子江边秀气陈，黄莺有意结芳邻。
丝丝缕缕情如水，碧玉雕成万象春。

夏　莲

俏立池塘格外神，污泥不染自无尘。
清香远播因风起，欲醒官场梦里人。

秋 枫

丛林尽染好风光，头顶浮云面向阳。
潇洒自然无俗气，诗家醉酒赏红妆。

冬 松

雪地冰天不畏寒，顶天立地挽狂澜。
巉岩峭壁云中伴，虎啸猿啼午夜安。

1998 年 6 月 9 日

赴美前夕　寄台湾梅嶙高先生

绿树浓荫曲径幽，蛙声四起在田畴。
高空晴朗飞银燕，结伴同行作远游。

梦里难忘一老松，心中屹立秀如葱。
何年再到山中去，耳听涛声响碧空。

1993 年 7 月 2 日

赴美前夕　寄太湖聂家铸先生

直上云霄作远游，齐天大圣本无愁。
玉人为我心祈祷，祝福平安念不休。

多少年来结伴游，文山诗海度春秋。
灵魂净化非常好，水远山长无尽头。

1993 年 7 月 2 日

赴美前夕　寄镇江贤会、锡英同志

大江滚滚向东流，日夜奔流永不休。
我在宜城望京口，诸多往事汇心头。

此次西行约两年，梦魂会到海东边。
苍天许我回头日，共话浮生聚散缘。

注：宜城即安庆，京口即镇江。

1993年7月6日

中国城

中国城真好，服务中国人。
同文同血统，骨子里相亲。

注：波士顿中国城有“天下为公”“礼义廉耻”牌坊。

波士顿海鲜酒家聚餐

茶点何其好，正宗海味鲜。
新朋共一桌，今日是何年？

注：同桌就餐的有美、德、菲、中国大陆及台湾地区人，他们是女婿女儿的同事。

1993年12月

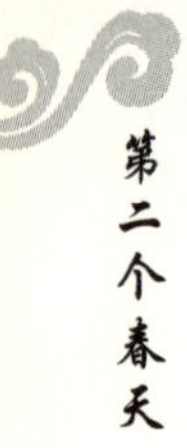

在周颖、张玲家过年

两家邀请过新年，食品中西两俱全。
感谢主人情谊重，迎新辞旧大团圆。

注：周颖，女，硕士，南京人。张琳，女，博士，北京人。

1993年12月31日—1994年1月1日

波士顿之春

雨洒郊原气象新，东风吹起柳条融。
青青草色多生气，满树蓓蕾朵朵红。

1994年4月3日

麻州海滨公园聚会

野餐一日兴无涯，捕蟹丰收笑语哗。
海上白帆迷望眼，兴来大步走金沙。

注：参加这次聚会的包括老小共28人。

1994年9月18日

忆祖母

模样依稀未有忘，十年同吃一锅糠。
身缠疾病无钱治，世态炎凉缺药方。

不见光明双眼瞎，夜深咳血朔风狂。
儿时未解人间怨，只识奶奶命已丧。

1989 年 2 月 26 日

忆父母

生在穷家志不穷，种田放鸭作渔翁。
为寻富庶无方略，想觅花丛没路通。
狠骂老财潜水底，爱交朋友避兵戎。
多情父母为儿念，最怕孩儿落水中。

注：我家周围环水，我的父母不让我玩水，就是怕……

1989 年 2 月 23 日

心上人惠存

惊闻爱侣撞车骑，面带愁容未释疑。
最怕玉枝人折断，亦忧瘦骨我何依。
心期探望君模样，车欲奔驰路逶迤。
共话床前知历险，千金难买不分离。

注：1988 年 4 月 22 夜，君慧骑自行车去儿媳家，被一骑摩托车人擦边倒下，交警发现立即护送市立医院检查治疗。

1988 年 5 月 10 日

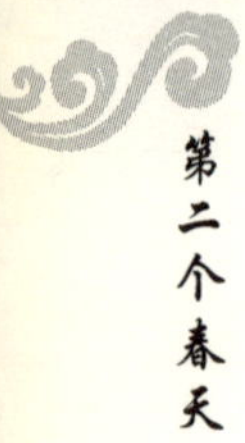

君慧骨折住院

惊雷一击震心房，菜市场中骨断残。
大难临身如梦幻，现场触目极悲伤。
石阶跌倒人难起，担架抬行泪几行。
如此灾情谁料得，不知何日得安康？

1998 年 2 月 24 日

病　中

君慧感冒一旬，躺在躺椅上，时断时续地咳嗽，吐痰，消耗身体，不知哪天能好，记实而作。

一夜凉风扇，清晨感冒临。
治疗最要紧，立即看医生。

服药真来劲，清晨又出征。
街前同步走，又被冷风侵。

病情在加重，再去看医生。
连服三天药，还是不能平。

肺部遭侵害，夜间咳得凶。
很难睡好觉，只好去吊瓶。

总是爱凉风，忘怀老病身。
咳嗽不能止，真的急死人。

我心痛得很，最怕病成凶。
昔日肺开刀，容易走险峰。

1996年8月31日

题君慧画《松》

立地顶天中，正宗剑化龙。
自然生活力，不怕起狂风。

注：这幅画为彭德怀百年诞辰征文作，珍藏在彭德怀纪念馆。

1998年6月5日

题君慧《群芳图》画

群芳约会一园中，各领风骚志不同。
百态千姿为媲美，时时总是兴无穷。

注：君慧退休后上老年大学学画，兴趣很浓，画得有点像模像样，我很欣赏。

1998年7月3日

满江红·皖江春

软软春风，吹绿了，小孤山石。朝东望，天刚破晓，一轮红日。九派横流归大海，万帆竞发如飞翼。燕斜飞，岸柳水边拖，沉沉碧。　　皖江水，流不息，振风塔，千秋立。牧童吹玉笛，晚霞如织。细雨融融芦笋秀，凌空起舞沙鸥疾。打鱼人，

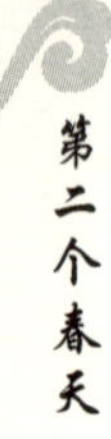

日日摘浪花，天风力。

注：安庆市政协会议期间作。

1992年3月20日

忆怀宁

1984年2月20日我奉命来怀宁政协，1987年4月，调回枞阳。在这三年期间，得到怀宁县委领导，政协同志，以及各界人士厚爱，难以忘怀。

乔公嫁我到怀宁，初出家门百感生。
故里流连慈母泪，新房沐浴爱卿恩。
从今了却穷门累，往后居安华阁荣。
一阵寒风春带去，窗前细柳水盈盈。

怀宁本是好地方，百里云烟接大江。
广阔田园铺锦绣，新鲜桃李泛金光。
异军突起身先列，孔雀奋飞影数行。
两弹元勋心许国，一枝独秀史留香。

婆家住在县城中，老少咸知有美名。
夫子名伶欢聚会，高人雅士喜逢迎。
爹娘夸奖心房暖，姑嫂扮妆美态生。
和煦阳光芳草地，东风伴我皖河行。

一住婆家三个秋，儿怀母爱母存忧。
郎君怕我心寒去，小女恋他泪热流。
鸿雁声声情切切，白云朵朵兴悠悠。
分分合合无穷恨，都怪乔公乱点头。

注：1. 怀宁县是农业大县，尤以皖河大畈生产稻米驰名。异军突起，指乡镇企业全省先进。这里是“孔雀东南飞”故事发生地。书法家邓石如，革命先驱陈独秀，两弹元勋邓稼先，他们都出生在这里。2. 乔公，代指我的上级领导人。当时我是县委副书记，县政协主席。机构改革，副书记可以免掉，让年轻人接班，但政协主席属二线，应留任。他们没有按政策办事，对此，我曾多次以口头和书面方式批评他们，要求他们承认错误，并向我道歉。因为诗是文学作品，让人一看有美的感觉，不宜骂人，所以我只能轻描淡写，婉转曲折倾吐心声……

1988 年 2 月 7 日

县政协小院梅开

窗前小院有朱梅，满载浓情伴夕晖。
雪舞风狂豪气放，天寒地冻热心堆。
香魂铁骨坚持是，含笑迎春不惹非。
四面亲邻皆绿树，向来无意显神威。

注：这株梅花树在我办公室窗前，每年冬天开花时节，我很喜欢看它，这首诗有兴临摹而作。

1989 年 1 月 21 日

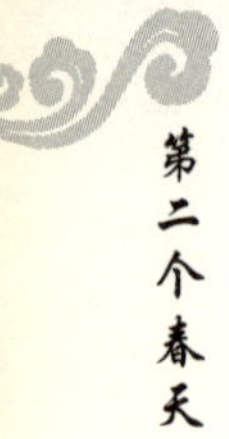

读后语

诗词选二内容丰富，清新明朗，格调高雅，语言贴切，这源于作者生机勃勃、热爱生活的积累，全是从他内心奔放出来的心声和激情，像春风，像细雨，像月光，很美好，很温馨。看到作者又一串硕果展现，感到由衷欣喜！

爱心显现入诗篇，民情友情亲情妍。
春意盎然惠风爽，色彩纷呈意绵绵。

有感作者心境明，扶病理诗好精神。
雅兴跟进体康健，喜看窗外夕阳红。

史君慧　2013 年 6 月 18 日于波士顿

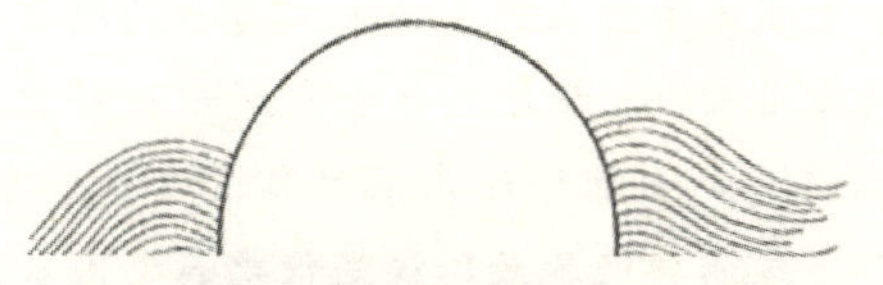

何文诗词选　三

前言

本诗词选主要歌颂党和国家领导人以及党的杰出代表，也有涉及我曾经接触过的家乡领导，还有欢庆香港回归、赞扬26届奥运会中国冠军、咏怀几位历史人物的诗篇，此外，还插进几首风景诗，表明国家的大好形势和对未来的展望。这些诗是从我心灵中焕发出来的，都是上个世纪80—90年代写的。我很幸运为伟人写诗感到自豪！现在很难写出这样的格律诗词了，因为重病在身，我感到很抱歉！这里祝愿我们国家在新的领袖人物领导下，繁荣昌盛！

何文　2013年6月16日

为国庆四十周年作

东方巨人

巨人起立在东方，力挽狂澜汗水香。
造极登峰豪气泛，呼风唤雨法轮张。
几经患难人犹健，历尽沧桑兴未央。
古往今来何足论，不卑不亢不称王。

祖国母亲

身大臂宽腰不弯，一轮皓月照慈颜。
家庭料理神形累，儿女栽培日月艰。
冷暖阴晴心不变，甜酸苦辣意悠闲。
闲来无事凭栏眺，万朵红霞映雪山。

1989 年 9 月 10 日

庆祝人民政协成立四十周年

名流约会古城中，破旧迎新气象雄。
断壁残垣留血泪，青山绿水映霞虹。
扫除垃圾风雷激，培育琼花雨露融。
亿万人民心境好，高歌一曲满江红。

风雨同舟四十年，共瞻故国艳阳天。
蜂飞蝶舞银河上，虎啸龙吟金谷前。
明镜高悬肝胆照，大江东去浪涛连。
中华志士为勤政，常借星光写锦笺。

1989 年 9 月 22 日

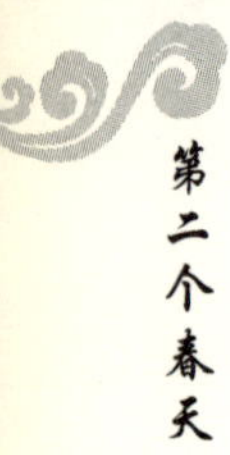

长征六十周年

安庆市老年合唱团在人民剧院演出。

歌唱长征六十年，英雄业绩史无前。
如烟往事人前过，再现风云到眼边。

1996年12月

渡江四十周年

英雄兴起话当年，千里扬帆入眼前。
领袖深思谋决断，军民合力勇争先。
长江天险终飞渡，华夏地盘自古全。
流血牺牲明壮志，红旗飘舞在南天。

1989年4月

为中国共产党成立七十周年作

毛泽东

神奇灵秀韶山冲，喜庆诞生毛泽东。
通晓古今中外事，攀登珠玛妙高峰。
琴弹一曲千军醉，力拔三山万代功。
浩气长存天地外，九州从此起雄风。

刘少奇

安源煤矿宝灯红，百万劳工盼日升。
星火燎原华夏艳，英雄舞剑九州惊。

披肝沥胆情怀壮，强国富民道路平。
雪后高空天更美，扶摇直上九霄鹏。

周恩来

铸造东方大舞台，红旗招展百花开。
才华盖世谁能比，活力超群人共推。
礼义为先朋友乐，鞠躬尽瘁子民哀。
高风不息传华夏，浩荡江湖玉一堆。

朱　德

您是前朝老秀才，为民为国日边来。
身经百战黄花戴，手把千山绿树栽。
纯朴古风昭后代，缠绵细雨洒阳台。
华堂一幅慈祥像，永葆清廉不染埃。

1991年6月1日

纪念刘少奇同志百年诞辰

马列旗开日月擎，明灯引路步征程。
白区领袖人民敬，红色英雄魔鬼惊。
打破陈规连旧矩，推行良策唱新声。
大风大浪从无惧，鹤发飘飘见性情。

1998年3月9日

人民公仆周总理

毕生精力为人民，蹈火赴汤敢献身。

武略文韬惊世界，丰功伟绩万年春。

无私无畏似昆仑，大敌当前舍命拼。
历尽千难和万险，高山背后是人民。

西花厅上点明灯，光照中华有伟人。
日理万机无倦意，黎民敬佩好精神。

和风细雨播春温，总理人民恩爱深。
仆仆风尘留倩影，山欢水笑百花亲。

天南海北彩云多，满面春风满路歌。
大众共尊周总理，一同建设好山河。

中南海里海棠花，岁岁年年泛彩霞。
无限深情无限爱，葱葱郁郁耀中华。

运筹帷幄气豪雄，八一南昌立大功。
三座大山推倒后，人民赢得主人翁。

国际前沿结好盟，万方共赏玉堂英。
良朋好友遍天下，合力同心享太平。

长空飞越有雄鹰，深入云端双眼明。
发展和平新世界，五湖四海起高风。

千锤百炼造英雄，为国为民为大同。
浩气长存天地外，世人举目望高峰。

1998年2月28日

迎新春·纪念周恩来总理一百周年诞辰

夜黑到天明，试听淮安吹号。何处寻芳草，日昏暗，云缥缈。数风流，天生窈窕。跑跑跑，为把黎民怀抱。不问生与死，高峰上，眉心笑。　　霸权终倒，讨了公道。晨起舞，喜看树上花鸟。风雪飘渺知多少，立乾坤，赤县重造。宝灯明，掏尽红心英雄老。高山大河好，永远存在，把春天闹。

学习陈云同志“十五字”感赋

近水知鱼性，居山识鸟音。
胸怀家国梦，手抱伯牙琴。
海阔轮飞渡，云开月上林。
神州花似锦，柳暗玉潭深。

注：十五字即“不唯上，不唯书，只唯实，交换，比较，反复”。

1991年2月17日

看神州春满怀伟人小平

古老神州物候新，山欢海笑兴无穷。
春风爱抚河边柳，丽日亲昵岭上松。
燕舞江南蓓蕾满，雁飞塞北绿荫浓。
环球十亿飞龙舞，万里高天起好风。

1997年3月22日

怀念世纪伟人邓小平

一生风雨动惊雷，独占潮头局面开。
破釜沉舟无二意，花香鸟语日边来。

一艘航船万里行，身为舵手可权衡。
虽非八尺凌云汉，却有机灵赛孔明。

大国权威聚一身，同呼同吸道无尘。
桃花流水知何处，没有渔人可问津。

反腐倡廉有学生，西方民主事难行。
大潮汹涌冲天起，波及黄河浪不平。

1997 年 2 月 27 日

敬献邓大姐、李先念主席

水深火热众哀鸣，大姐情浓播好音。
西去取经怀故国，东回喋血拯黎民。
龙潭虎穴先身入，玉骨冰心未自矜。
举世闻名人敬仰，夕阳光照满山春。

工农百万新军起，高举义旗破敌丛。
宝剑利刀除腐朽，枪林弹雨出英雄。
晨鸡高唱东方亮，老将同谋国运隆。
发展和平人共享，五洋四海有高风。

1988 年 4 月 4 日

怀念老一辈无产阶级革命家邓大姐

胸怀莽莽万重山，信步攀登若等闲。
雨暴风狂迎日出，桃红柳绿放歌还。
人人喜识春风面，户户静观碧玉颜。
一孔清泉尘世洗，晴川印月水潺潺。

1992 年 7 月 15 日

敬读李先念主席遗言

视死如归宠辱忘，人民命运总思量。
勤劳节俭身为本，蹈矩循规党主张。
逐鹿中原飞将勇，钟情大国美容光。
腾空战马神犹健，时代高风万里扬。

注：李先念主席遗言，“后事要节俭，一切按中央规定办”。

1992 年 6 月 24 日

怀念彭真同志

红旗马列高高举，一以贯之不动摇。
入死出生迎火炬，呕心沥血架金桥。
铮铮铁骨支华夏，耿耿丹心颂舜尧。
立法奠基功不没，思源饮水念前朝。

1997 年 4 月 28 日

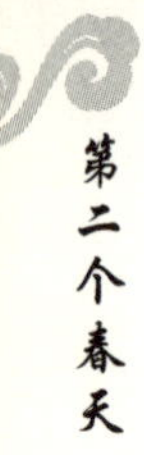

登庐山怀念彭总

七月庐山气象明，湘江赤子上高峰。
为民请命挨批判，报国精忠说右倾。
铁骨铮铮光赤县，冰心皎皎耀红星。
万言书在留青史，好供千秋万代评。

1990年夏

满江红·纪念彭德怀百年诞辰

戎马生涯，沙场上，英风烈烈。大旗举，平江起义，长征报捷。保卫延安驱虎豹，百团大战称豪杰。看军民，鱼水两相亲，多亲切。　　建国后，无休歇，政权保，兵书阅。我堂堂元帅，功标史册。抗美援朝挑重担，保家卫国排前列。为人民，全力任驱驰，心喷血。

1996年1月4日

怀念耀邦同志

万里长征虎气生，以身许国请长缨。
熔炉百炼黄金闪，风雨频生班马鸣。
力举千钧翻铁案，心连大地重躬耕。
明灯光照君离去，一座丰碑待后评。

辛辛苦苦一平民，浑似当年红小兵。
蹈海登山寻瑰宝，由南到北访琼英。

漫天好雨催新笋，满面春风待故人。
各界名流参政事，大江两岸柳迷莺。

1989年4月22日

怀念全国妇联主席蔡大姐

五色烟波锦绣胸，大潮涌起造英雄。
山河破碎流清泪，日月重光亮太空。
世界和平大合唱，中华建设半边功。
十年不问凡尘事，碧水东流韵不穷。

1990年9月23日

少年游·许世友　少林寺学武术

嵩山西麓少年游，转眼几多秋。深研武术，为民除害，何日数风流？　　中华遍地烽烟起，尸骨满荒丘。头枕干戈，南征北战，王气金陵收。

1996年9月9日

西江月·献给帅梦奇大姐

百岁红梅放彩，满园桃李争春。源头活水自然新，疏影暗香贴近。　　心系太阳不落，鼻闻浊水愁颦。江山自有后来人，大姐高风不泯。

注：帅大姐，十五大特邀代表，共产党第一位百岁老人。

1997年9月19日

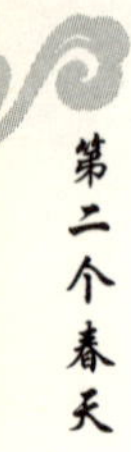

西江月·献给刘英大姐

头上青丝未白，口中妙语如泉，燃烧火焰一年年，仍是心灵体健。　　历尽风波不恼，几经磨难弥坚。歌声响彻可闻天，期盼河清海晏。

注：刘英大姐，92岁，1925年入党，张闻天夫人，十五大年龄最大的党代表。

1997年9月21日

怀念王任重副主席

千斤重担一肩挑，跋涉前行汗水浇。
沐雨栉风花满地，披星戴月鹤鸣霄。
高山径险云铺路，大海涛狂虹化桥。
中国长城迎好汉，红男绿女泪潇潇。

1992年3月25日

怀念班禅大师

青藏高原春意浓，大师御驾白云通。
操劳国事炎黄念，热爱僧尼海日融。
暮鼓晨钟声广宇，疾风劲草识真龙。
中华传统牢牢记，史记功名百代宗。

1989年8月24日

西江月·献给十五大代表、西藏党委副书记热地

你是高原热地，堪称济事贤才。高官未改旧时怀，永记当年乞丐。　　挂念人民疾苦，细心周到安排。好花总是向阳开，怎不令人崇拜。

注：《人民日报》报导，热地为进藏干部解决困难，有感而作。

1997年9月21日

孔繁森

全心全意为人民，烈火真金八尺身。
远走家门留倩影，高原屹立雪花亲。

1996年7月15日

金缕曲·香港回归

百载娇儿去。想当年乌云骇浪，不堪回首。今日香江风景异，光耀南天北斗。迎九七涛声依旧。谈笑桑田沧海事，畅怀痛饮金瓯酒。天不老，地长久。　　国门从此家人守。举贤才承先启后，把红旗绣。海上明珠辉宇宙，千里河山竞秀。六百万民如星宿。花满紫荆裙带路，泛仙槎，到此寻红豆。歌一曲，万方奏。

注：《香港知识》一书载：香港面积1092平方公里，人口6307900人。紫荆花原为香港市花，现为区旗图案。香港又名“裙带路”作名词用，亦作形象用。

1996年12月

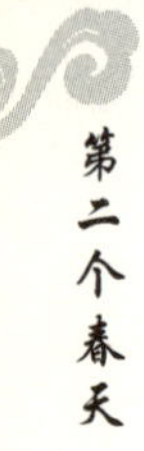

中英两国政府举行香港政权交接仪式

百年期待意拳拳，阅尽沧桑还主权。
利炮坚船成历史，扬眉吐气是今天。
英伦米帜随风卷，华夏红旗映日鲜。
真理长存光永驻，和平共处结芳缘。

1997 年 6 月 15 日

香港特区成立，行政长官、司法、立法宣誓就职

回归盛典史无前，从此香江共一天。
两制繁花昭日月，千年古国庆团圆。
龙游大海多神气，狮舞长城少睡眠。
新绣紫荆旗帜艳，风流人物写新篇。

1997 年 6 月 15 日

董建华当选香港行政长官

港人步入新时代，可以当家登舞台。
大地花开红烂漫，高歌欢庆建华来。

港人治港史空前，民主书成第一篇。
六百万人齐努力，香江风景美无边。

1996 年 12 月 17 日

咏史　寄张海鹏教授

历史长河日夜流，谁家泼墨写春秋。
高山寒冷人何在？大海无边浪不休！

注：张海鹏，枞阳人，曾任安徽师范大学校长，历史系教授。

1996年1月2日

纪念辛亥革命八十周年

怒潮滚滚起风雷，岗上黄花白玉堆。
封建帝王拉下马，共和领袖拥登台。
驱除魔鬼三羊泰，稳住乾坤六合开。
一页书成千古颂，大江东去燕飞回。

1991年9月11日

满江红·鲁肃

告别东城，随周瑜，东南游历。大堂上，春风拂面，孙权迎客。一席畅谈天下事，三分天下有其一。抗曹操，刘备可联盟，江山拾。　　面强敌，和战析，排众议，雄风立。火烧船万只，先输神力。主借荆州谁颤悚？界分湘水兵平息。鲁将军，竭智又尽忠，为吴国。

1998年4月26日

缅怀现代军事家蔡谔将军

猛刺袁皇谔未残，以身护国挽狂澜。
共和再造山河壮，沧海桑田玉一盘。

邵阳山水育奇才，武略文韬举世推。
岳麓山中观国葬，将军打马又归来。

1996 年 6 月 23 日

缅怀革命先驱谭嗣同

仰望中华万象春，气冲霄汉力维新。
天无日月山河冷，地有昆仑肝胆温。
不让列强分国土，焉容专制毒黎民。
横刀一笑升天去，多少英雄步后尘。

1996 年 1 月 12 日

寄怀　张学良将军

古老长安春意浓，惊雷动地贯长虹。
打狼赤县思人杰，逐鹿中原望国雄。
一本圣经明午夜，两棵兰草弄清风。
渔舟唱晚炊烟起，雪后斜阳分外红。

1990 年 6 月 10 日

泰山　冯玉祥将军墓

细看墓碑“我”字铭，行间字里见平生。
泰山抗日吹军号，烟雨巢湖鱼水情。

1991年夏

李光炯先生墓园修葺一新揭幕仪式

有怀兴皖赴长沙，走马成都不见家。
满地阴霾伤乱世，一蓑烟雨噪寒鸦。
燎原大火华光艳，虎踞龙蟠铁树花。
故里兰庄风水好，先生含笑醉流霞。

注：李光炯，民主教育家。

1990年7月22日

安庆纪念光明甫先生诞辰一百二十周年

民主老人风景多，一生豪气壮山河。
东京大学怀春梦，八皖杏坛植碧萝。
不怕强权伸正义，同情弱势讲平和。
毛公江畔寻夫子，卧虎藏龙发浩歌。

注：毛公指毛泽东1953年在安庆询问光明老情况，并向地委作了指示。

1996年11月2日

瞻仰蒲松龄故居

生不成名死后名，德高望重万民亲。
当年小小教书匠，谁识中华一哲人。

1991年夏

安师大瞻仰叶圣陶先生铜像

先生正立校园中，注目前方满面红。
锦绣文章拿在手，八千弟子羽毛丰。

注：安师大当时师生员工8000人。

1991年1月22日

纪念刘海粟大师诞辰一百周年

十上黄山影未还，生花彩笔水潺潺。
今天百岁生辰庆，红日东升照玉颜。

1996年3月16日

鸽子宫公园　看毛主席《浪淘沙》石刻

曾是伟人眺望处，吟成千古浪淘沙。
传神彩笔留金影，风雨声中泛彩霞。

1991年8月17日8时35分

碣石园看曹操观沧海

魏武东临碣石山，大观沧海尽开颜。
挥毫泼墨雄文见，绝代才人立世间。

1991 年 8 月 17 日 9 时 15 分

联峰山看林彪楼

高人消夏隐联峰，古木葱茏映碧空。
过客留连过客去，风云变幻古今同。

1991 年 8 月 17 日 9 时 39 分

纪念唐山地震二十周年

地塌天翻一刹那，魔王遗祸到人间。
万千广厦如山倒，无数生灵把命丧。
百叶凋零云惨惨，孤儿啼唤血斑斑。
唐山大劫何如此，泪洒千秋不得干。

本是炎黄好子孙，一方有难八方亲。
扶伤救死明医德，扎寨安营抢活人。
同哭同悲同患难，共风共雨共酸辛。
大恩大德呼天地，送暖送温眼见真。

今日唐山展笑容，冀东挺立赛群英。
早辞旧宇开新宇，已建新城换旧城。
欢笑声中明月起，悲伤眼里太阳升。

大家随手朝前进，再创辉煌展大鹏。

1996 年

读杜甫《茅屋为秋风所破歌》

山呼海啸动江干，陋室风吹茅几翻。
被湿难眠人在想，何年寒士俱欢颜。

欣看寒士俱欢颜，德蔽高深翻几番。
还有风寒仍有感，草枯水冷在山间。

草枯水冷有谁怜？游子山中引领看。
但愿仁风吹广宇，春光普及万方安。

1996 年

沁园春·一九九七年

旭日东升，瑞气融融，春意浓浓。喜九州生气，人才辈出，精神饱满，物质繁荣。傲雪红梅，迎风紫燕，雾里黄山立劲松。天际远，看大江东去，多少英雄！　　人民心地从容，庆七一，城乡挂彩虹。洗百年国耻，收回香港，大英港督，送往伦敦。世纪风云，千秋际遇，步上康庄日月红。多关注，那老区贫户，下岗员工。

注：1997 年 1 月 30 日为安庆市迎江区各界人士联欢会作。

看二十集电视剧《潘汉年》

亲临虎穴一年年，漂泊天涯可问天。
赤胆忠心为革命，舍生忘死意拳拳。

建设中华志更坚，英雄好汉似当年。
无儿无女无思念，一片深情在海边。

暴风骤雨哪方来，无力回天实可哀。
岁月无情人老去，心花一束向谁开。

人间正义早回来，伟绩丰功不可埋。
今日有缘重见你，千山万水共徘徊。

注：本地方言，家里老了人，即人死去。

1997年1月9日

赤子赋

千家驹

一轮明月伴苍松，老马奔腾千里风。
忧国忧民心意美，尽忠尽责古今同。
披肝沥胆三擂鼓，疾首痛心一击钟。
彭总精神仍可见，白云生处妙高峰。

聂卫平

驰骋棋坛局局新，陈公特意育才人。
擂台三设冠连九，名将相逢百战频。

赤子多情寻国宝，东瀛学艺长精神。
一衣带水源流远，共盼和平睦彼邻。

1988 年 5 月 9 日

宁肯不当先进

人民日报 1997 年 1 月 20 日载：山东泰安市委书记张庆雷与区县干部相约，宁肯不当先进少报成绩，也要把农民负担减下来，不能因为我们的工作没有做好，而让农民吃亏，让共产党挨骂。

上为党国下为民，不搞浮夸只说真。
金玉良言犹在耳，万人拍手百花亲。

泰山红日暖融融，大海情怀寓大同。
不把乌纱看得重，人民公仆是英雄。

1997 年 2 月 2 日

铁骨　书赠朱铁骨老军长

铁骨铮铮造化工，顶天立地力无穷。
枪林弹雨难侵入，烈日狂风血肉封。

1990 年 2 月 2 日

敬呈史钧杰主席

汤池宝地话沧桑，赢得高峰一赏光。

日照江城心绪好，大观楼上望庐阳。

1995 年 12 月 30 日

拜访市委副书记王树勤同志

春风化雨到田头，得水鱼儿争自由。
漫道征帆天际远，且看红日暖江流。

1995 年 11 月 17 日

村　干

千斤重担力能担，日出耘田夜绩麻。
大雨大风往外走，披星戴月赶回家。

1990 年 2 月 14 日夜

金秋十月赠县黄埔诸老

天朗气清岁月更，漫山红树夕阳明。
小园百步金风起，故国千峰紫气生。
世外桃源陶令爱，田间棉谷子民耕。
春华秋实农家乐，又见卿卿听鸟鸣。

1992 年 9 月 11 日下午于安庆

祝贺县八届人大、八届政协一次会议

春风吹进古城中，白鹤迎风逸兴浓。

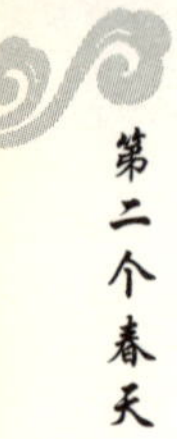

细雨绵绵麦菜好，红梅朵朵雪花融。
长江后浪推前浪，大海银峰赶玉峰。
鱼水相亲人意美，万帆竞发永朝东。

1993年1月10日

梦游皇帝故里

中原大气好，皇帝有精神。
史册留华夏，精心育国人。

1996年7月14日

定远藕塘烈士塔

中国莫斯科，英雄出没多。
抗倭流碧血，护国植红荷。
绿水藏清影，青山隐翠螺。
抚今思昔后，不觉泪滂沱。

注：中国名胜词典载，定远藕塘镇是安徽有名的革命纪念地，革命战争年代有“小莫斯科”之称。

1998年4月26日

六安清源楼落成志庆

清源楼上望清源，山色湖光别有天。
万马奔腾声不息，渔舟点点伴云烟。

名曰江淮第一楼，飞檐翘角望中收。
当年建设英雄汉，今日清源美影留。

闻名赤县苏家埠，四十年前结队游。
碧绿如油春小麦，人情似酒向东流。

红军战士好精神，上古皋陶吸引人。
安得清源留一瞬，也教心地净无尘。

1998年5月5日

水调歌头·献给市党代会

滚滚长江水，巍巍天柱山。皖国西南宝地，哺育好儿郎。历史翻开一览，多少风流人物，共建美家乡。闹市车如鲫，八县稻花香。　　党倡导，兴廉政，好风扬。千斤重担挑起，汗水暖洋洋。步入高山小巷，了解人民疾苦，一步一回肠。天许梅花放，中流砥柱强。

1995年12月27日深夜

黄山松

千载黄山松，春秋不变容。
茫茫云海里，日日立高峰。

1996年元旦菱湖公园口占

春　光

高空万里白云飞，紫燕双双入翠微。
宁静山峦柱石立，沸腾渡口柳杨围。
梅生庾岭花枝瘦，冰化天山雪浪肥。
又是一年芳草绿，神农酿酒醉仙妃。

庚午年正月初二

航　行

江汉大轮满载人，乘风破浪向东行。
坚强船体如山岳，浩荡江花似水晶。
日暖风和瞭望眼，鸥飞鱼跃共长征。
良辰美景心沉醉，喜听四周击壤声。

1989 年 5 月 8 日

江　潮

江水滔滔碧玉雕，一潮更比一潮高。
半边云树阳光照，两岸农家皓月邀。
远望燕山思昔日，近闻舟客话明朝。
浪花呼唤心花放，万里扬帆万里箫。

1989 年 5 月 8 日

浪淘沙·枞阳县党代会上作

十月菊花妍，光照枞川，殷勤儿女启航船。合力同心双桨起，飞向天边。　　一瞬两千年，陶令依然，惜阴洗墨意绵绵。把酒持螯兴未尽，人伴花眠。

1990年11月

奥运百年

圣火奇观一百年，光芒四射在人间。
英雄拼搏留风采，豪杰飞奔涌玉川。
人类能源无止境，地球牵引结良缘。
五怀旗帜飘飘起，希腊精神代代传。

1996年7月22日

第二十六届奥运会中国英雄颂

一剪梅·射击老将王义夫抱病出征

为国争光数十春。汗水如珍，靶场留真。四朝元老建奇勋，技艺超群，毅力惊人。　　射击狼溪虎气陈。多么威风，何等精神。金牌擦过未留痕，痛失冠军，一息犹存。

十六字令·孙福明（女子柔道冠军）

孙。疑是兵家后代人。攻防守，战法运如神。

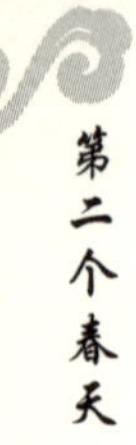

采桑子·乐倩宜（女子百米自由泳冠军）

扬眉吐气争先进，浪里飞腾。心里从容，满目春光意万重。
天生秀气中华美，性悟神通。辽阔天空，仙女云游永向东。

如梦令·唐灵生（39 公斤级举重冠军）

雾绕云飞山挺，造极登峰摩顶。今日大功成，塑造一株松影。新颖，新颖，奥运天然风景。

五绝　占旭刚（70 公斤级举重冠军）

举起昆仑山，身高腰不弯。
大风吼一阵，壮士凯歌还。

鹧鸪天·李小双（男子个人体操全能冠军）

孕育全能天下先，今朝喜见小飞仙。身如彩练青云舞，情似千丝万缕连。　　思往昔，梦犹鲜。春风杨柳燕儿穿。几惊几险人无恙，稳住乾坤心了缘。

点绛唇·李对红（25 米运动手枪射击冠军）

靶场威风，枪声一响宏图展。英雄如愿。坐上金龙殿。
心里融融，百步穿杨见。霞光转。满堂豪彦。总把红颜恋。

七绝　杨凌（10 米手枪移动靶射击冠军）

生来爱与枪为伍，奥运花开好梦园。
眼亮心明谁媲美，中华豪侠美名传。

虞美人·伏明霞（女子跳水跳板冠军）

一池清水层层碧，水里游鱼出。明霞天上织成纹，万丈高空飘动一红裙。　　祖国河山多气派，日照生光彩。美人丽质列群英，此刻京华月色分外明。

诉衷情·王军霞（5000米长跑冠军）

我为祖国去长征。感到最光荣。关山飞越何惧？功到自然成。　情切切，意深深，舞红旌。东方神鹿，头顶遥空，脚底奔腾。

五律　熊倪（跳水冠军）

八年弹指过，依旧很年轻。
风雨生神气，雷霆寓老成。
少年怀壮志，大国育精英。
湘水芙蓉美，乡亲父老迎。

忆江南（双调）·葛菲　顾俊（羽毛球女子双打冠军）

江南好，多少赏花人。姊妹双双同起舞，乘风万里出江滨，一曲庆长春。　明月好，揽胜上高楼。四海翻腾云水怒，大江流尽几多愁，神女说春秋。

浪淘沙·乔红（乒乓球女子双打冠军）

过眼是云烟，一望无边。小球曾与大球连。从此风光无限好，美我家园。　胜景在当前，蝶舞翩翩。穿花联袂过前川，山影波光辉映出，媲美婵娟。

卜算子·孔令辉（乒乓球男子双打冠军）

喜鹊唱枝头，爱说家乡好。何日何年捷报来，孺子休烦恼。
孔府酒香醇，韵事知多少。玉骨冰心不畏寒，莫道君行早。

行香子·邓亚萍（乒乓球女子双打单打冠军）

万里迢迢，万仞超超，乒乓国热浪滔滔。擂台比武，各领

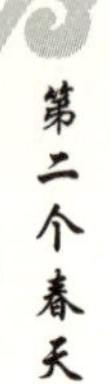

风骚，看花儿艳，马儿壮，帆儿飘。　　邓家巾帼，一代天骄。披肝胆，为国操劳。坚持拼搏，不脱征袍。爱春如海，山如铁，水如潮。

西江月·刘国梁（乒乓球男子双打冠军）

技艺高超无敌，雄心试比天高。乒乓一拍上琼瑶，四座嘉宾称好。　　大国风云激荡，小球故事常聊。黄河九曲起波涛，千叠浪花拥抱。

七律　献给中国代表团领队、教练、运动员、工作人员

笑看堂堂中国人，请缨万里不辞辛。
同怀虎跃龙腾梦，共仰河清海晏神。
不是浑身流汗水，哪来热血洗征尘。
红旗高举心欢畅，吐气扬眉满目春。

1996年7月初稿　1997年7月8日整理

读后语

敬仰伟人入诗篇，光辉业绩耀前川。
历史长河流不息，人民至上无私念。

体育健儿意志坚，奥运冠军光环闪。
喝彩之声声不绝，继往开来永向前。

作者以朴实浅显的生花妙笔盛情赞颂党国伟人和杰出代表的伟大人格魅力、非凡的智慧、英明决策和呕心沥血的忘我精神。作者有灵感，有文采，尊重历史，对先贤的爱国忧民、大智大勇、出生入死精神塑造得栩栩如生。作者对体坛的盛事也很有雅兴，以丰富的感情，把赢得 26 届奥运会冠军和参与奥运的中国运动健儿为国争光、顽强拼搏的精神风采，刻画得活灵活现！

史君慧　2013 年 8 月 15 日于波士顿

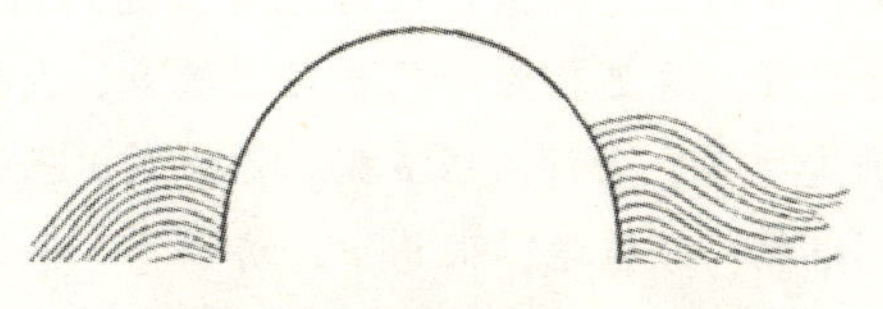

何文诗词选　四

前 言

本诗集主要内容是学诗写诗。至于如何学写诗，我的体会是要多读诗，勤动笔，多修改，广交流。写诗要有真情实感，符合时代潮流，要把人民大众放在重要位置。诗是高雅的艺术品，字句要美，作品要有风采，同时也要注意写得通俗一些，让大家都能看得懂。这里我要向同我交流较多、我受益匪浅的枞阳和台湾的老文人、老诗人张五鹏、潘先莲、张复周、史咏梅、叶国屏、张鹤、疏植桤、张慧中、梅嶙高、吴秉弘、张辅英等老先生“学而不厌，诲人不倦”的精神表示深切的敬意！

何文　2013 年 7 月 27 日

丙子端午怀屈原　寄宗老

端阳时节半阴晴，泽畔行吟见屈平。
牵挂怀王心不恼，效忠楚国志难更。
千年历史云烟过，一部离骚血泪成。
聊把美人芳草恋，江湖展现老书生。

1996年

读诗人张轼《古今诗家咏九华200首》有感

怀李白

李白联吟誉九华，引来多少大名家。
灵心荟萃诗双百，佛国空飞万道霞。

注：李白与青阳高霁等高士改九子山为九华山联句。

望九华

莲花九朵雨中开，李白乘风万里来。
梦得千年山上望，苍松翠竹傍云栽。

注：刘禹锡，字梦得，唐代诗人，登山后作《九华山歌》。

1995年12月3日

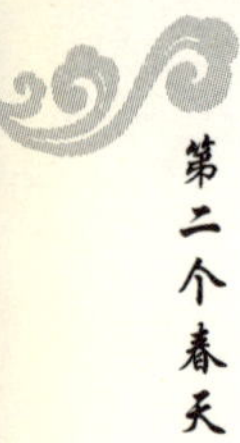

纪念世界文化名人杜甫诞辰1290周年

悠悠千载史流传，华夏吟坛仰圣贤。
今日少陵游海外，歌声响彻碧云天。

1996年

读白石道人诗词

翻开宋史史无名，他是江湖飘泊生。
风动花飞梅影瘦，雨停柳舞燕身轻。
真情唤我随云荡，美意陪君共月明。
此刻灵心知几许，庐阳城里听吹笙。

1997年3月22日

步相国何如宠题石屋寺韵

清风拂面立山椒，先哲风流万古遥。
为仰高僧遗绣轴，好教游客识前朝。

注：绣轴，何如宠题石屋寺诗，何遵武制作，赠老和尚托我送去。此诗是1988年春在郭桥大队作，书记何嗣瑶。

依毛主席韵　咏新长征

长征万里领头难，十亿新军岂等闲。
北海雄风兴玉浪，南疆赤子走金丸。
莺歌燕舞三三暖，虎啸猿啼九九寒。
喜看昆仑山色好，红旗高举笑开颜。

1996年5月11日

读宗老香港回归系列诗有感

倒计时针准确行，娘儿日夜数归程。
百年去国蒙奇耻，指日回家可正名。
人事沧桑惊八变，世间风物已三更。
书生读史心房颤，浅唱低吟缕缕情。

注：何宗贵先生卜居池阳，同宗，一生潦倒，著有两本诗集问世。

1997年6月9日（端阳节）

敬贺桐城诗词学会成立

百载文坛称霸主，满天星斗泛清光。
枞汤孔练藏珠宝，方戴刘姚育凤凰。
南北东西新日丽，琴棋书画古桐香。
龙眠山上弦歌响，白鹤冲天意激昂。

注：诗中内容多是老桐城的人物，地域即现在的桐城、枞阳两县。

1989年9月28日

庆贺宿松诗词楹联学会成立

远望西南瑞气临，小姑月下听弹琴。
青松立地云霞映，古寨摩天雨露深。
能产银鱼双百万，可收柑橘几千金。
杜溪流水哗哗响，太白书堂学子吟。

1991 年

祝贺庐江县诗词楹联学会成立

爱吃小红头，时常忆旧游。
春风催播种，汗水夺丰收。
昔日驰骏马，今朝产大牛。
英雄一百万，彩笔写春秋。

注：小红头，早点，庐江县特产。

1997 年 5 月 20 日

庆祝安庆诗词学会成立四周年

墨客骚人会紫檀，城乡一体谱新章。
春风吹拂千花放，骏马腾飞万里狂。
皖国山川神笔画，赵公世代状元郎。
诗情好似长江水，日夜奔流向海洋。

注：赵公，指赵朴初先生家。

1988 年 12 月 27 日

读岳西《明堂诗词》

睁开两眼看明堂，感动何家一小郎。
多谢先人留彩笔，更怜后辈著华章。
弄潮巨子潮头立，排浪群英浪里狂。
都说这边风景好，山花香气海风扬。

1998 年 2 月 14 日

长风沙简介读后

江山要有文人捧，明媚春光笔下生。
感谢诸君珍宝献，长风从此不埋名。

长风自古风云地，多少文人爱此行。
李白率先留印迹，至今还有踏歌声。

长风计划立碑林，好计形成抵万金。
胜地重光天作美，大江同抚古今琴。

弘扬国粹建公园，把酒临风孰占先。
锦绣文章环境好，江花辉映艳阳天。

注：长风沙属安庆市。

1996 年 2 月 14 日

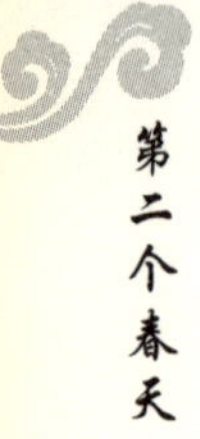

江申1号轮读《雷池吟》

信手翻开一卷诗，大江伴读有谁知？
欲从书里寻风雅，好到雷池去问师。

注：雷池，望江县别称。

1995年5月25日

菱湖邓石如碑馆参观妇女画展

画坛竞走兴无涯，时雨润开智慧花。
此日菱湖春色满，好多美女已成家。

三更灯火有人家，泼墨挥毫织彩霞。
巾帼英雄多壮志，跋山涉水为中华。

1998年3月7日

丁丑春日菱湖雅集

诗书画里显精神，水映楼台影逼真。
悦耳歌声扬国粹，开心墨宝列家珍。
红花烂漫随风舞，绿柳婆娑迎日新。
老少同欢圆一席，风流仍属白头人。

1997年4月24日

菱湖雅集续句留韵

长江万里缀明珠，喜爱明珠是小姑。
托起明珠人共赏，此生不愿奉陶朱。

菱湖雅集正清明，无雨无风天有情。
小鸟也知春色美，江流滚滚是心声。

1998 年 4 月 22 日

一九八九年菱湖吟诗会

细雨微风动绿杨，冬临难冷热心肠。
小楼满载生机意，一代骚人翰墨香。

1989 年 11 月 11 日

出席安庆诗词学会第三届会议感赋

一路奔行马不停，举头天上看明星。
秋光可比春光好，无数残荷伴绿萍。

月色如银光照人，大江东去浪头新。
诗家翰墨情依旧，展望华堂笔下春。

1995 年 11 月 10 日

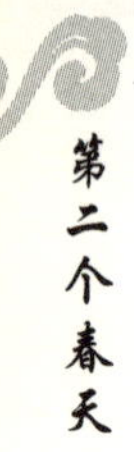

安庆“谷雨”诗会

老人犹发少年狂，竟把文坛当战场。
满目琳琅观不尽，清词丽语出胸间。

题赵铭、潘秀芝老师家中一幅画

小坐床头看电视，荧屏上面画生光。
无边绿树连芳草，骏马临溪饮兴长。

注：当年我们来上海在他们家留宿一夜。

1996 年 2 月 29 日

重阳集会　赠晚晴诗书画朋友

诗书画友喜洋洋，满腹经纶两鬓霜。
拥抱冰心身不老，支撑铁骨体难伤。
山河妩媚抬头望，道路崎岖用脚量。
篱畔黄花迎日放，无风无雨过重阳。

1997 年 10 月 2 日

参观安庆市龙眠画社画展

人物山水和花鸟，出席观众都说好。
要问画师哪里人，多是宜城退休老。

韦远柏师真正好，培养人才只嫌少。
呼唤大家看龙眠，赶李公麟要起早。

1998年2月28日

参观吴廷枝书法展

新年伊始步文房，翰墨流芳楚汉章。
重振民魂豪气壮，共扬国粹力刚强。
金蛇起舞东风力，玉叶生辉瑞露光。
自觉老鹰难展翅，笑看天外鸟飞翔。

注：在枞阳县文化馆展出。

1989年2月10日

君慧为我在新华书店买《随园诗话》

学习前贤为写诗，心藏秘密报君知。
热心赞助为侬去，感谢夫人是此时。

1996年12月9日

拜访诗友

神交很久未谋面，今日相逢看笑容。
画意诗情谈不尽，文坛奋发一心同。

注：在铜陵诗词学会。

1996年1月10日

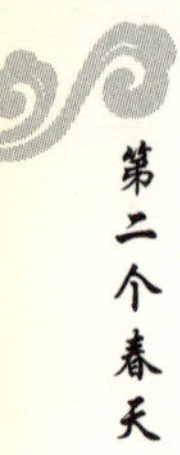

喜迎诗友

亦师亦友一同来，诗酒情怀白发催。
正是早春新雨后，后围墙上百花开。

注：当时我家在安庆市后围墙202室。

1990年2月2日

一九八八年县海外联谊会贺年卡诗作

春风吹雨入枞川，流水光阴又一年。
万众欢欣华夏好，百花开放雪梅先。
倚门思子情如水，望月怀人泪湿弦。
草木也知天色美，白云青鸟唱山巅。

看君身在彩云间，海角天涯各一方。
两袖清风陶令醉，三山翡翠谪仙狂。
春潮带雨春雷激，故里飞花故国昌。
耳际菱歌音缭绕，迎亲荻埠望归帆。

1989年1月17日

寄怀枞阳旅台暨海外人士

大江东去水流长，泥燕归飞喜欲狂。
爱国旗开光两岸，兴邦肩并耀华堂。
同培古木千年绿，合育新花四海香。
完整金瓯孚众望，相逢一笑史流芳。

一轮明月窗前照，满地银辉景好看。
白鹤峰巅人絮语，大王庙里佛开颜。
莲花湖面鱼游畅，浮渡山间鸟梦残。
遥望南天怀赤子，星驰宝岛祝平安。

注：白鹤峰、大王庙、莲花湖、浮渡山，地名，枞阳县景点。

1987年中秋（这是我学诗的处女作）

鹧鸪天·学诗　步台湾诗人张鹤、张慧中韵

江水滔滔万里长，诗家总是说炎黄。泱泱大国人才广，各领风骚继宋唐。　　风入户，月临窗，朝思暮想卜天璋。行云流水无穷尽，不见诗仙不下堂。

1992年8月10日

台湾张鹤、疏影先生晚晴讲学

论诗说道有心人，国学弘扬顶认真。
大赞桐城文派好，满堂骚客拾遗珍。

1996年11月10日

元旦在张鹤安庆的家敲诗

文学殿堂万丈深，哪能拔腿就登临。
程门立雪为佳计，可与先生共拾金。

1997年1月9日

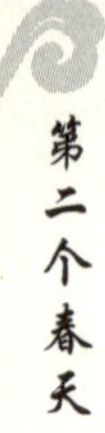

重读梅嶙高先生《大陆索句杂咏》

心灵感触化微吟，慨叹人生风雨侵。
白首高风追往事，悲欢离合有谁禁？

1998年5月18日

季春　依韵奉和梅嶙高先生诗作

落花时节两情人，面向乾坤展翠颦。
菜子湖边轻薄女，岱鳌山上玉麒麟。
心随流水三千里，足下行云八百春。
爱我中华齐呐喊，一前一后泪沾襟。

1992年4月19日

奉和台湾从云词丈咏梅自寿瑶韵兼贺金婚

福寿康宁善葆身，人生难得性情真。
和平美满期同享，家国繁荣笑更亲。
吐纳林泉凝紫气，行吟海峤踏芳尘。
遥知爱侣情依旧，共立南天看北辰。

迎春开放是梅花，香气飘飘入万家。
根固茎强荣大地，枝繁叶茂耀中华。
铮铮铁骨撑寒月，皎皎冰心透碧纱。
大雪漫天开画境，诗人梦醒到天涯。

祖居曾记屋齐檐，寄旅蓬瀛并步先。
少小临风惊貌美，开怀咏雪赞花妍。
八旬夫妇齐眉乐，满目儿孙绕膝前。
喜庆金婚迎瓒石，百年好合月长圆。

冬日阳光分外妍，雄心勃勃爱华年。
山中草木绕岚气，海上珍珠织玉编。
硕果光华秋月朗，小花艳丽腊梅坚。
晴光万里祥云现，此日蓬瀛正好天。

1997 年 2 月 10 日

读台湾方子丹教授八十岁以后诗续集有感

风日晴和海浪平，满天星斗月华明。
一声鸿雁传新谊，两处黄鹂结旧盟。
扬子江边吟大雅，连云港外见精英。
劲松古柏千年茂，浩气长存天地情。

谁说无缘也有缘，蓬瀛老叟梦魂牵。
高山造就谈何易，大海形成说不全。
明镜悬空肝胆见，玉人起舞水云边。
诗家拥有春秋笔，工部同心年复年。

1997 年 2 月 10 日

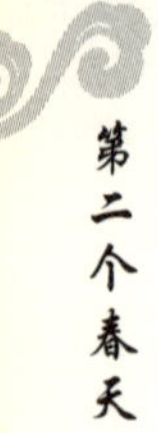

恭和聂家铸、疏影、张鹤先生落秋字 150 首瑶韵

仙人隔水望神州，世纪风云满目收。
红日依稀光四射，大江终古向东流。
秦皇兵马威天下，六代胭脂洗石头。
是是非非非是是，人民血泪写春秋。

月亮弯弯照九州，飘飞黄叶小园收。
晋熙金菊傲霜放，枞水银鱼逐水流。
江上渔人钓雪浪，岩前仙客探源头。
南飞大雁惊寒阵，正是高天不老秋。

1990 年 10 月 30 日

忆江南　步台湾张鹤先生韵

雨后长空一片蓝，杏花红遍小桃酣。
山山水水层层绿，引我天天目向南。

无边无际麦苗蓝，油菜飘香粉蝶酣。
绿树葱茏河网化，如今淮北似江南。

1992 年 3 月 28 日

敬读疏植桤先生《还乡吟》

新诗首首记行程，字里行间奏玉笙。
满目青山游子意，一腔热血故园情。
人生自古伤离别，天意从来重晚晴。
旧垒已随烽火尽，向阳花木正欣荣。

心怀乡土发天真，意合情投鱼水亲。
附势趋炎无正义，抑强扶弱结芳邻。
高风景仰江流畅，时雨迎来物候新。
一片心灵含大爱，临川远望带愁颦。

1992年4月5日

依聂家铸东字韵酬答疏植桤先生

空濛山色有无中，唯见江南枫树红。
酒醉草堂诗不老，琴弹月下韵无穷。
南来北往留痕雁，暑退凉生入梦虫。
地动山摇寻正道，金龙飞舞起高风。

庚午年正月初一

读疏影“梅传春讯到人间”瑶韵

上国红梅海外栽，花开花落小蓬莱。
暗香飘荡随风去，疏影横斜引鹤来。

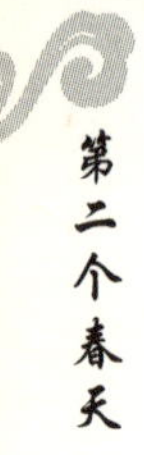

才子窗前留倩影，美人月下洗尘埃。
何郎千里扬州梦，飞渡重洋登玉台。

三九严寒大雪飞，红梅远嫁几时回。
白云岩上青松翠，浮渡山中绿叶肥。
古国神游明月夜，他乡魂断老柴扉。
人间喜讯冰河碎，浩荡春风入翠帏。

1992 年

奉和白翎偕胞妹慧中还乡留韵

惠风荡漾柳河东，翠满红楼酒正浓。
身系蓬莱愁未解，心怀桑梓喜相逢。
皖江水暖鸥寻鹭，泰岱峰高雪伴松。
耳听诗翁传韵事，梦中欲觅影无踪。

1992 年 5 月 13 日

奉和张鹤、慧中迎江寺留韵

一阵清风入古城，三千学子拜先生。
还乡有兴诗铺路，盛日联欢酒结盟。
身入佛门无战事，神游天国望和平。
时光一闪人离去，历史长河永有情。

1992 年

奉和吴秉弘先生白云岩四绝元玉

梅开山里又迎春，万古名岩影现真。
造化无私为大众，云中屹立见精神。

青鸾大佛已成行，不见云踪百感生。
梦里有缘岩上见，迷人青鸟放歌声。

戚家山色碧如油，竹滴清泉石上流。
若问仙姑何处去，白云朵朵兴悠悠。

石阶足迹已留痕，暮色苍茫月未昏。
晓看岩前黄果树，红霞缕缕入柴门。

注：白云岩在枞阳县白梅乡，系老桐城县八景之一。

1992年12月23日

读张辅英先生《访故居松园有感》

故园情节是耶非，游子心头恋翠微。
岭树重遮千里暗，山花纷谢一时稀。
梦中欲得三山静，醒后欣能两岸飞。
海上栖迟人未老，闻鸡起舞看朝晖。

1998年5月4日

学　诗

文明古国诗如海，海上浪花紧接开。
多少先贤闲不住，轻舟荡漾日边来。

我为弹琴学写诗，求师问道有谁知。
浓情厚谊心头记，立脚奠基是此时。

登上书山未见疲，山中好景显神奇。
黄昏仍在岩前坐，月照森林人未离。

涂鸦稿纸几箩装，岁届寒冬不觉凉。
窗外红梅飞冷艳，梦中走笔著华章。

1997年11月27日

江边晨读

江边落座日初悬，喜见王维孟浩然。
画里四围真正美，开怀饱览醉心田。

念奴娇·为安庆市郊区诗书画交流会作

阳春三月，绿荫浓，飞鸟游鱼欢悦。邓老先生瞭望眼，为把故人迎接。草地清新，盆花艳丽，小院真清洁。有缘相会，同瞻碑馆书帖。　　主人总是殷勤，国粹弘扬，算是人中杰。

盛事而今共俯仰，千古风流人物。泼墨挥毫，填词作画，个个心头热。龙山艺苑，翻开历史新页。

注：邓老先生系邓石如书法大师。

1998年3月

感怀　寄朱俊同志

天高云淡日，翘首望神仙。
石上清风起，溪边秋菊鲜。
山中方七日，世上几千年。
期盼青牛健，无心去问禅。

注：朱俊，潜山县诗词学会会长。

寄许林秉笔德宽赵璧四位吟长

一

澄清水面出芙蓉，长驻方湖野意浓。
多少玉人来玩赏，菱歌曲曲艳妆红。

二

自爱斜阳重晚晴，诗书饱览实多情。
如椽铁笔书青史，留给后人仔细评。

三

月照纱窗分外明，尘埃洗尽一身轻。
江南塞北留春梦，心血凝成一老兵。

四

杏坛薪火几经秋，不尽才华似水流。
正是江南好风景，一支红烛亮东楼。

注：他们是彭泽县诗词学会领导成员。

1996年1月4日

赠族叔尊武

书生意气忆当年，夫子垂青入眼前。
迸发火花光石屋，缀成珠粒耀山川。

命题立马华章现，以德为怀朗月悬。
一代斯文乡里颂，众芳开放牡丹边。

青春一去不回头，白驹奔驰总未休。
紧步大军前线去，勤鞭小马后方游。

风云变幻留心看，日夜辛劳为国筹。
古老兰亭多美好，一同观赏写春秋。

1989年6月3日

青玉案·寄王葆仁老

三间陋室容高士，小窗坐，灯前媚。面壁十年翻故纸。月移花影，神游书市，独自寻滋味。　桐城自古山河美，人往高山见流水。久慕姚公文字戏。小生同气，老生心醉，雨后蓝天洗。

注：王葆仁，老知识分子，县政协委员。

1992年6月5日

悼念吴中经先生

书生本色半含羞，欣喜开通万里舟。
夜幕拉开山色暗，朝霞滚动水光幽。
飓风乍起波峰立，暴雨频浇沧海流。
一路辛辛茹苦斗，登临口岸绿杨稠。

注：吴中经，安凤中学老师，老知识分子。

1990年9月30日

怀念赵壁还先生

编委十年任，晚晴一要人。
身藏和氏璧，口播赵家音。
耄耋还前进，青春何足论。
忽惊离世去，重读好诗文。

注：赵壁还，安庆市晚晴诗书画研究社编委，诗作曾获“黄果树杯海内外大赛”头等奖。

1998年5月1日

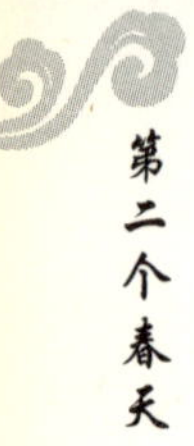

登门拜望陶肇唐先生

闻名乡里白头翁，几度心惊不变容。
历数前朝宫内事，风刀霜剑血花红。

注：作于1989年10月3日，从合肥—官青—枞阳驱车途中。陶老复信，诗意盎然，读之有味，依韵口占一绝，以助雅兴。

何缘托顾白头翁，谈笑风生意气融。
风日晴和人意好，归车满载夕阳红。

1989年11月18日

依韵奉和咏梅史老

凤凰山上读华章，格调清新字句香。
好雨催生新竹笋，惠风爱吻老梅桩。
繁花开放迎高士，硕果丰收拾满篮。
两岸人心连骨肉，深情祝愿秀才康。

渔舟唱晚启归帆，自在安详不屡霜。
好友近邻常面晤，红花绿柳满庭芳。
往年形系鸿孤影，今日神飞燕几行。
喜见文坛生意满，玉梅伴我写诗章。

注：史咏梅，曾任枞阳诗词学会副会长。

1997年6月3日

读诗人许霁白《小孤山》五古作

小姑曾未嫁彭郎，虽是近邻隔大江。
心里情人何处是？八仙过海问龙王。

1998年1月5日

读王先华先生“地角田头几十年”诗句有感

田园味里结诗缘，豆熟瓜甜滚滚圆。
不识农民勤苦作，怎能造句说粮棉。

注：王先华，安庆《龙山艺苑》主编。

1996年

次韵奉和刘春霞《忆昔　母校浮山》

双溪影印绿杨中，漫步桥头有放翁。
碧水长流春鸟醉，金山不老夕阳红。
王侯将相真龙种？日月星辰列太空。
富贵荣华何足念，新陈代谢古今同。

注：刘春霞，老知识分子，诗人。

1992年3月26日

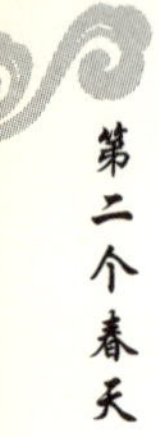

奉和张帆先生《新春偶成》原玉

玉龙百万舞隆冬，柳暗花明又值春。
过往云烟藏鬓角，敞开门户见屏峰。
空间白鹭回汀渚，石上清泉恋竹松。
淡泊生平聊自慰，白云生处觅仙踪。

注：张帆，老知识分子，诗人。

1991年9月10日

奉和太湖聂家铸先生《有怀》

历尽沧桑不必哀，南苑好梦燕飞回。
窗前摇动生花笔，户外繁荣向日葵。
天上银河留玉影，人间铁树沐金晖。
先生轻唱阳春曲，白雪纷飞酒一杯。

流落江湖心未灰，几经喝水把家归。
无心种植黄金果，有意观看向日葵。
朝旭东升生紫气，夕阳西下伴余晖。
看书练字灯前想，何日天堂捧玉杯。

1997年12月13日

奉和白启寰先生《征联感赋》

广征博采结文缘，可贵精神到处传。
大海扬帆迎热浪，小楼秉笔送流年。
中华一席何人补，八皖三才白子全。
万副联成书问世，扪心无愧对前贤。

注：全国31省区组成的《国家楹联大全》，白先生主编的《安徽楹联大全》占一席。

奉和王安国先生《七十述怀之一》

后乐先忧不计年，爱岗敬业步人前。
曾经遭遇三秋雨，有幸撑开一钓船。
大海惊涛终过去，小河滴翠正绵延。
枞川自古诗文地，满载斜阳种砚田。

注：王安国，县粮食局干部、诗人。

1998年5月11日

恭和张贤仪老师《六十初度》原玉

六十年来百味尝，一同回首话炎凉。
春风桃李花先发，小院藩篱果正香。
拥抱婵娟聊自慰，畅游学海把名忘。
莲花湖畔留金影，吐气扬眉面向阳。

注：张贤仪，枞阳二中老师，诗人。

1992年10月12日

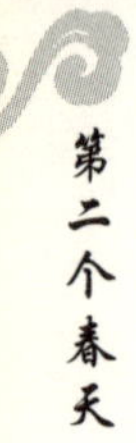

恭和张光炎先生《七十初度述怀》原玉

岁月奔流七十秋，人生一得醉金瓯。
身逢逆境君称健，耳听诤言我未酬。
祖国山河开慧眼，大千世界放金喉。
罗溪流水甜如蜜，汇入川江光绿洲。

注：张光炎，庐江县罗昌河人，在枞阳县工作，诗人。

1992年10月13日

读徐味先生《云水轩吟稿》

字字珠玑泪织成，兴衰荣辱史家评。
胸中块垒全凸现，风雨征途班马鸣。

注：徐味，安徽著名诗人。

1996年9月12日

读《童性斋酬唱集》

我慕童性斋，思潮滚滚来。
好风吹广宇，明月上高台。
古塔凝神气，寒梅伴秀才。
郊原无限美，倦鸟已飞回。

注：书系陈逸如先生编著。

1996年11月21日

步郑福华先生诗词元玉

翰墨缘

兰亭约会咏流年，七彩人生霞满天。
千里莺啼催我醒，万方乐奏伴君眠。
诗坛传韵凝神趣，画苑生辉寓秘诠。
各领风骚真善美，红心献上结良缘。

赠诗友

影入莲湖独自瞧，满身香气乐逍遥。
愧无彩凤双飞翼，欣有神猴万道毛。
蜀道难行缘地势，青云引路赖天曹。
生来富贵多愚昧，百姓家中出舜尧。

注：莲湖在枞阳县城，风景秀丽，为观光旅游胜地。

自　珍

老骨嶙峋难自珍，蹉跎岁月也曾辛。
落花满地随流水，飞鸟升天唱好音。
不怨路长嗟日暮，唯怜友爱播心声。
大江东去潮澎湃，可有人生第二春？

行香子·梅

万木萧萧，万里香飘。硬骨头，从不娇娇。身寒影瘦，无限窈窕。冰封雪压，不言苦，看谁超？　难得妖娆，难作天骄，有竹松，不算寂寥。岁寒三九，百花未醒，春不到，岂能陶？

注：郑福华，定远县诗词学会会长。

1996年1月13日作

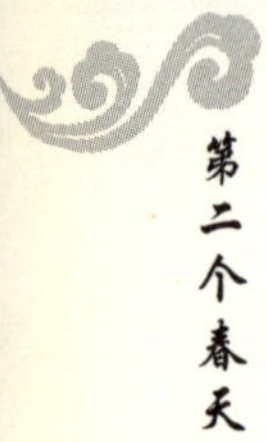

读《石华吟草》

白水煮萝卜，清香营养多。
年年为我种，日日望东坡。

注：《石华吟草》作者吴石华，枞阳县人，曾在安庆报社主持工作，诗人。

1996年7月15日

读《陋室吟草》

身居陋室自寻欢，日夜歌吟动竹竿。
举目大江波浪起，收来宝玉一盘盘。

注：《陋室吟草》作者左竹逸，枞阳县人，副县级干部，诗人。

1996年7月15日

题《求索斋》

日月穿梭去又来，无边风月洒书台。
诗评哲学无邪念，一瞬波光任剪裁。

注：《求索斋》作者方任安，桐城县人，安庆师范学院教授，诗人。

1996年7月15日

读许效民先生《吟草摘抄》

华章写出好精神，笔墨生光格调新。
最是源头多考究，看花人念种花人。

注：许效民，枞阳县人，在马鞍山电影院工作，诗人。

读《松涛吟草》

大江流日夜，寒士意绵绵。
衣食曾为累，书箱尚保全。
灾年云暗暗，丰岁月娟娟。
耳听松涛吼，诗人到枕边。

注：松涛，桐城县人，教师，诗人。

读《松鹤亭吟草》

亭中一长者，松鹤共延年。
望日无忧虑，观潮有挂牵。
高山铺锦绣，流水映婵娟。
百里方家仰，江边客未眠。

注：《松鹤亭吟草》作者系岳西县诗词学会会长。

1997年9月22日

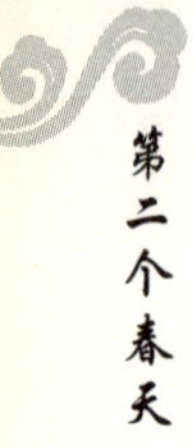

读张强《半世子吟》

风雨硝烟年复年，大军饮马到江边。
莱西好汉留痕迹，皖国伊人结夙缘。
绿水青山情不尽，红枫黄菊乐陶然。
吟坛旗帜高高举，一曲长歌霞满天。

注：张强，山东人，安庆诗词学会会长，安庆晚晴诗书画研究社社长。

1995年11月14日

读《三水轩吟草》

白发苍苍一老人，虚心好学拾奇珍。
开轩涌现三江水，探索前程自问津。

注：《三水轩吟草》作者汪洵清，枞阳县人，安庆晚晴诗书画研究会副会长。

1997年9月24日

雪花吟

漫天飞舞雪花开，不见尘埃此刻来。
满目清凉新世界，高歌一曲唤春回。

注：读肥东县诗词学会诗刊《雪花吟》后作。

1996年1月17日

读伟成兄《蜗痕》诗集有感

河边小子看蜗牛，大旱煎熬无尽头。
幸有荷花红焰焰，盘盘玉粒水中浮。

艰难岁月永留痕，风雨人生值万金。
古往今来同一曲，波涛汹涌漫乾坤。

春风桃李画图开，明月清风不染埃。
目送千帆天际去，多情少女共徘徊。

万缕千丝手织成，自然灵秀亮晶晶。
成衣要我穿穿看，我亦风流美态生。

注：何伟成，中学语文教师，诗人。

1997年1月13日

读陶醉先生《霜桥集》

风刺霜凋十月枫，长天飞起一惊鸿。
草堂断续炊烟起，寂寞空山夕照红。

迎战寒风筋骨伤，三三两两话凄凉。
沙场滚落胡杨泪，一曲悲歌播四方。

心怀往事泪滂沱，爱唱花前月下歌。

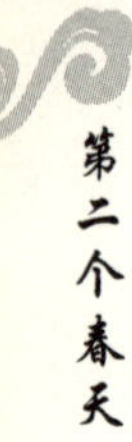

历尽风波人未老，梦中仍在忆秦娥。

注：陶醉，黄埔学会会员，诗人。

1996年2月11日

读《潘先莲诗词联选》

字字珠玑粒粒园，龙飞凤舞醉心田。
诗情画意千般美，月白风清光玉川。

一根主线手中牵，爱国心花日日燃。
展望神州新气象，歌声进入白云边。

人民总是记心头，日有所思夜有忧。
盼望和平无战事，合家欢乐上高楼。

时常注目观形势，久立潮头看大波。
世界潮流多变化，春风吹绿好山河。

年年苦读圣贤书，活血化淤体觉舒。
水有源头流久远，得心应手乐何如。

只缘好客友朋多，多少鸿儒共琢磨。
相互切磋同受益，心潮澎湃汇成波。

可见新词新意多，沁人肺腑乐呵呵。
嫦娥奔月天河美，推动诗人子夜歌。

创作繁忙不见疲，一心誓把泰山移。
英雄自古多磨难，历尽风波产好诗。

最难做到少而精，炉火纯青历苦辛。
不是年年勤苦练，怎能今日出黄金。

永留瑰宝在人间，日月穿梭共往还。
探索前贤高境界，诗翁总是笑开颜。

1998年3月16日

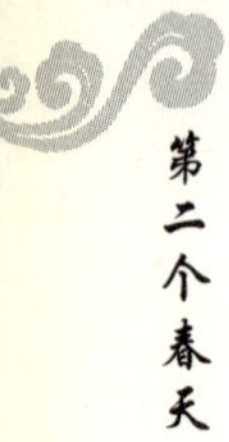

读后语

作者秉性执着，发奋忘我，干一行，爱一行，努力干好。自从组织上调整他的繁忙工作岗位，来到比较宽松的职岗后，为了适应环境，做好工作，他与海内外文人墨客，广泛接触，虚心学习，“肝胆相照，荣辱与共”。

他尝试写诗，潜心学诗，以诗会友，以诗表达心声。过去他没写过格律诗，从头学起，拜海内外老知识分子为师，并与之敲诗，酬唱。他贴近生活，注重捕捉生活中的一些素材，发挥灵感，兴来随笔，感而赋之，他走到哪，写到哪，上世纪80—90年代，他在各级诗刊、报纸、会议文件上发表的诗有400—500首之多，还接到一些通知，得了几个金奖；也有一些单位举行笔会邀请他参加，可惜当时不在国内，这些讯息都是以后回家看到的。

生活源泉诗里来，泼洒汗水诗花开。
诗人诗心化诗语，酿成诗酒暖情怀。

史君慧　2013年7月25日于波士顿

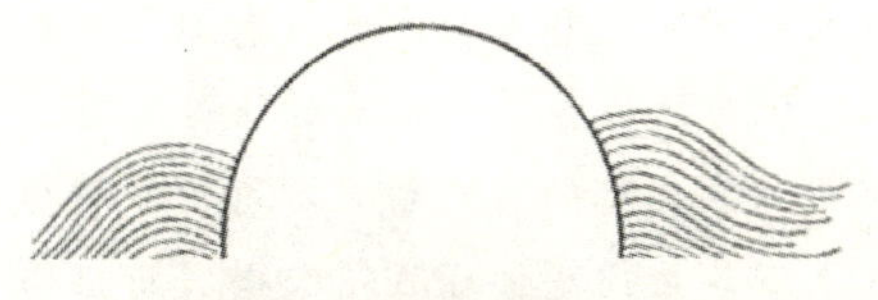

何文诗词选　五

前　言

本诗词选主要内容是反腐倡廉，克服官僚主义，个人遇到的一些问题。为充实这个小集子，还加上32副对联，谈到热爱生活，敬仰伟人，怀念亡者。这里我想，目前在岗的有权势的公务员和有技术权威的医务人员，要注意站在河边不湿鞋，保持廉洁，争取做优秀的公务员和优秀的医务人员，真正成为国家和人民的宝贵财富，有的青史留名，有的口碑留名，这比几千、几万、几十万甚至拥有上百万不义财富价值高。让我们寻求共识，一同努力，更进一步创建清廉的中国、和谐的中国、富强的中国！

何文　2013年8月6日

西江月·有所见

四四三三两两，年年月月天天。一张报纸一支烟，海阔天空无限。　　可是生来命好，为何如此悠闲？金边铁碗保平安，懒汉庸夫涌现。

注：是日，县政府组阁成员开会，县长说有些干部一张报纸一支烟，松松垮垮，没有生机。为此而作。

1989年春

有感计划生育国策

计划生育国策必须执行，我主张政府要把无儿无女老人供养起来，有女无儿养一半，这样计划生育工作在我国九亿农民中推行起来就会与城镇职工一样顺利，这样，加快经济建设，提高人民生活达到小康水平就可早日实现。

都说人间一大难，为何不向百川看？
灯红酒绿千家醉，冷月孤星不胜寒。

注：1992年9月5日县大会堂计划生育总结会上当场抄报这首绝句给县委负责同志。

赞机构改革

北京民谣：部长一走廊，司长一礼堂，处长一操场——下岗。

中央决策力求真，启动乾坤先减人。
效率提高神气好，尽心竭力可图新。

机构改革得人心，裁减冗员官转民。
济济人才去创造，皇粮不吃长精神。

人浮于事难办事，表面文章害死人。
不尚空谈崇实际，仆人上帝亦相亲。

精简开支国库盈，投资建设更繁荣。
人民亿万齐欢笑，共盼政坛日日新。

1998年4月3日

读报载人事任命有感

跌倒能爬起，功夫不简单。
此中有奥妙，所以可为官。

年年提职级，难以暖心肝。
日夜高峰仰，心灵不得安。

没有风波险，更无蜡炬残。
满门都受益，野外一泓寒。

百姓忙生活，无心去评官。
官场人识货，有泪未曾干。

1997年12月7日

三峡（大江截流后作）

两岸已无猿，纤夫不再牵。
暗礁终毁没，明月照飞船。

历史翻新页，人民写巨篇。
大江流日夜，风景美无边。

大坝江心立，防洪一百年。
浊酒家家醉，丰收不谢天。

电网通全国，国家有电源。
工农齐喝彩，万里玉珠圆。

水土保持好，森林养水源。
江流永不竭，幸福子孙泉。

移民一百万，告别旧家园。
乐业安居好，行舟到日边。

注：这组小诗是记实和表达愿望。

1997年11月25日

感　时

大街小巷怨声盈，心似江涛不得平。
有顶苍蝇能直撞，无肠螃蟹任横行。
本应民主官为仆，孰料官威民化零。

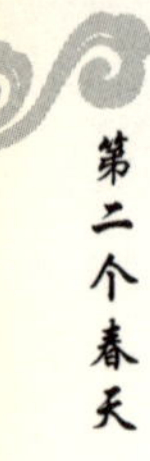

历史航船难挡阻，三山五岳起高风。

1998年6月29日

感　事

浊水横行未见停，沿河百姓不安宁。
怨声载道真难听，大禹何时显圣灵？

以权谋利正行时，只要钱财不要皮。
多少权威成饿鬼，病床久困可能医？

注：听永华谈乡里事作。

1998年2月6日

豺　狼

山中几处遇豺狼，生命攸关倍感伤。
丢下手头几块肉，为求此刻保平安。

盗　贼

偷偷摸摸到人家，盗去钱财把脸遮。
狗肺狼心全暴露，不知何日可悬崖。

1998年1月31日

西江月·陈希同

明月一轮高照，清辉洒满乾坤。围城讨伐是三军，不许希同逃遁。　　腐败大王既倒，虾兵蟹将难奔。江山如画万年春，幸有红旗指引。

貌似庞然大物，形如小小爬虫。人民十亿是真龙，可叹希同无用。　　牛为苍生出力，盗为珠宝行凶。雷霆一击水晶宫，惊破希同好梦。

1997 年 9 月 19 日

郑云盛、曾泽生卖官鬻爵

新华社 1997.2.25 电：江西省广丰县原县委书记郑云盛利用职权受贿 135 万余元，被判处有期徒刑 13 年。山西省汾阳县原县委书记曾泽生因卖官受贿罪被依法逮捕。

败类当权罪满盈，包天大胆火中行。
卖官鬻爵寻财路，耻辱难逃众口评。

严加惩处得人心，党国名声不准侵。
提醒那些名利客，脱胎换骨可成金。

摘掉红帽子，好！

1998 年 4 月 6 日《焦点访谈》，温州平阳县委组织部长董根顺在位三年，家产竟达 770 万元，拥有 5 处住房，已依法惩办。

人面兽心防质疑，乔装打扮植红皮。
身居吏部权威大，爱把求官小鬼欺。

百万富翁心未甘，朝思暮想筑金坛。
横财大发千门怨，落水哥儿不胜寒。

1998年5月24日

灭鼠口号

《人民日报》1998.3.30载，浙江省有1240万亩农田遭鼠害，损失粮食2.5亿公斤，农田鼠的密度高达7.62%，比上年同期增加13%，超过防治指标1.5倍。

粒粒人民血汗粮，白拿白吃好猖狂。
儿孙繁殖上千万，脑满肠肥一寸光。

国富民强广积粮，不容硕鼠再猖狂。
同心合力来防治，一曲战歌响四方。

1998年4月2日

封　嘴

《人民日报》1998.3.30载，兴化市东鲍乡计生办1994—1996三年挥霍73万元，90%以上是计生罚款吃喝，有关人员已受到严处。副乡长冯鸿源、刘恒满，计生办主任钱源受到行政撤职处分；副主任刘国善，贪污计生罚款1.9万元，依法判刑二年；会计周顺祥涉嫌贪污，检察机关已立案侦查。

越吃越馋越想吃，根源还是权在握。
计生罚款有来源，不割自己身上肉。

从今以后难贪吃，三位权威已撤职。
还有两位坐班房，这儿筵席可结局。

1998年4月2日

贪　喝

《人民日报》1997.12.24载，江苏省建湖县两天喝倒三个干部，死者家属要求县政府追认因公吃喝的死者为烈士，感而作之。

美酒喷香笑眼开，只因贪喝未回来。
许多公务全扔掉，试问诸君该不该？

蹈火赴汤不顾身，枪林弹雨可成仁。
金迷纸醉销魂去，烈士墓园能问津？

1997年12月23日

为惋惜“烟草大王”褚时健人生悲剧而歌

新华社1998.1.25电，红塔山集团原董事长褚时健私分公款355万美元，其中个人分得170多万美元，被开除党籍，交司法机关立案侦查。

红塔山尖倒下来，玉溪河水浪花开。
当年改革英雄汉，今日遭逢灭顶灾。

怜君为国立功劳，何不坚持守节操？
纸醉金迷人蜕变，一生事业向风飘。

1998年1月27日

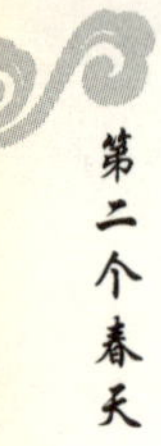

甘肃省严办张斌昌、魏光前

新华社1998.2.19电，张斌昌，贪污受贿120万元，魏光前受贿600万元，造成连城铝厂损失2.79亿元，占该厂资金29.4%，已被开除党籍，撤销连城铝厂厂长、兰州钢铁集团公司总经理职务，司法机关立案侦查。

狼吞虎咽两头头，受贿贪污不觉羞。
胆大包天无法纪，并吞企业国人愁。

包公一见锁眉头，铁面无私不准求。
司法如山谁敢阻，拿妖捉怪保金瓯。

1998年2月23日

不问人民死活

1998年5月22日，中央人民广播电台新闻调查曝光，陕西省民政厅共贪污扶贫救济款70万元，厅处级干部11人依法严办。

扶贫救济怎能贪，无法无天小子狂。
似此狼心狗肺者，窃居官位太荒唐。

人民告发泪汪汪，当代包公正义张。
取掉乌纱来坐监，此生已不再辉煌。

1998年5月24日

西江月

《人民日报》报导，河北省委亮出十道“红牌”禁止跑官，查处跑官，即兴而作。

有了权钱交易，升官可以发财。几家小子乐开怀，生怕官儿不卖。　　眼望高官倩影，梦中几度登台。手提厚礼笑颜开，试把官儿来买。

已见黄河咆哮，更闻天上惊雷。人民奋起不徘徊，力铲官场腐败。　　河北狂风劲起，海南插满红牌。跑官小丑火中埋，还我清明时代。

1997 年 11 月 20 日

严惩败类　国泰民安

新华社 1996 年 7 月 12 日电，山东泰安原市委书记胡建学等六名领导干部受贿 325 万元，公安局长奸污 8 名妇女，分别被判处死刑、死缓、无期徒刑。

吸吮民膏霸一方，泰安出了活阎王。
乌云密布高空上，百姓哪能见太阳？

百万人民齐伏虎，国家大法重如山。
昭彰恶迹留青史，威武刑庭保泰安。

1996 年 7 月 14 日

读包公传

端州有特产，人说世间稀。
官者民之表，不持一砚归。

阎罗包拯好，笑比黄河清。
关节通不了，坚持开正门。

没有儿孙累，清光金玉身。
私心无一点，全是为人民。

硬心和铁面，嫉恶似仇人。
敦厚为根本，黎民亲上亲。

1998年6月29日

六州歌头·庆祝包公千年华诞

庐州坠地，宋史墨犹鲜。朝代隔，音容在，立前沿。美名传。百姓常怀念，只因你，身如铁，明如镜，为民想，结人缘。千载飞回，万户齐开宴，酒奠先贤，让高风亮节，连续向前延。故国兴隆，史空前。　　忆公堂上，动三铡，妖魔斩，暖心田。谁像你，披肝胆，斗强权，夜难眠。今古官场上，贪官吏，壑难填。都期望，除腐败，保清廉。无限江山入目，阳光灿，月色鲜妍。可与民同乐，共上一条船。展望青天。

1998年6月28日

寄朱启纲先生

几次送春来，蓬门未得开。
岂因怕招待，唯恐染尘埃。
百岁人称瑞，千秋国重才。
何时拜府上，且待听春雷。

1996年1月2日

偶成　寄台湾梅嶙高先生

专制魔王血染戈，人民苦难泪成河。
而今共识愁滋味，应对阴山唱挽歌。

1992年9月5日

谷底篇　赠弼青

大块文章登雅堂，情深意切话枞阳。
山明水秀人宜醉，树少林稀鸟恐慌。
止沸扬汤非好计，抽薪釜底有何光。
英雄血泪书青史，一介书生织锦囊。

注：周弼青，县政协常委，在大会上畅谈枞阳如何走出谷底，我为之喝彩。

1988年5月23日

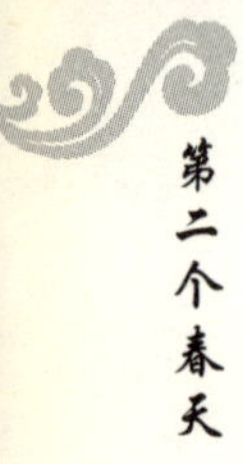

宿上海东湖宾馆（原杜月笙公馆）

昔日主人杜月笙，如今不见有精神。
当年海上青帮首，早已飞灰化作尘。

东湖宾馆北楼欣赏白玉兰、石榴花

名树栽培五百年，青枝绿叶看新鲜。
花儿色白多清洁，此日观光似结缘。

门前一对石榴树，朵朵新花红欲燃。
勃勃生机迎客至，亲亲热热共流年。

1998 年 5 月 30 日

西江月·二月四日市工商局迎春联欢会

去岁无缘赴会，今年有幸登堂。是非成败总茫茫，感慨万端难讲。　　三十桌人同乐，多是在职工商。新陈代谢很平常，我是外来星象。

1997 年 2 月 6 日

题胡山高先生《上山虎》画

虎落平阳被犬欺，上山仍是把头垂。
破开荆棘全身湿，长啸一声惊四夷。

1996 年 1 月 31 日

书赠组织部长及继任者

12月12日我到市委组织部上访，听部长对我说，再过十多天他就卸任了。新陈代谢如此迅速，我的落实政策事，又靠谁来办呢？这几天思来想去感而赋之。

事办三年未见成，自惭难得一知音。
卿卿也要挂冠去，谁爱深山冷落人。

鼓乐齐鸣人上楼，轻歌曼舞几时休？
劝君莫奏前朝曲，还有后生在后头。

1995年12月16日于枞阳会宫

杂诗10首

老牛拉破车

老牛跋涉自从容，急坏车中一老翁。
月月年年难上进，坑声响亮碧云空。

敝帚自珍

自爱自珍自比金，郎君何事不同心。
洞房杂乱无头绪，满地飞灰两鬓侵。

推天转

坐中无事找由头，自作多情步小楼。
怀里藏金曾不露，看天旋转喜悠悠。

泥　鳅

市场泥鳅不很多，滑来滑去入人眸。
看它九转三弯束，难出渔家小竹篓。

冷血动物

寒天三九好时节，万木萧条风瑟瑟。
千里长河已结冰，突然冒出小动物。

人性何在?

相貌堂堂好像人，身居要地显精神。
蝇头小利经营苦，只望升官不望民。

阴风鬼火

达人头脑日昏昏，专爱同行巧弄唇。
不见阴风生鬼火，只缘共享一家春。

得志猖狂

男儿得志把心开，身在豪门名不埋。
两眼移栽头顶上，不看毛落凤凰来。

官僚习气

日月循环五十天，上书不到主人边。
转来转去无消息，正是春蚕已入眠。

人浮于事

浪费光阴不痛心，牢骚满腹意沉沉。
人来人往公堂上，说地谈天论古今。

1997 年 11 月 20 日

拖　功

年年月月练“拖功”，对付自家老祖宗。
面对强权何所有，青松挺立力无穷。

拖了一年又一年，如今已有两千天。
前程美景知多少，大海茫茫不见边。

话说拖功有理由，哪知白发又生愁。
明年三月换新届，就怕官人又掉头。

1997年11月20—21日

六月二十二日去合肥，六月二十三日晚到家

合　肥

万盏华灯夜照明，人烟密密聚新城。
年来变化真神速，多少劳工显圣灵。

宿林业厅招待所，蚊虫驱之不去

宽敞房间住旅人，谁怜我有苦和辛。
蚊虫作祟欺凌甚，彻夜无眠难见亲。

修　面

为在人前尚有神，不教苍老伴嘉宾。
幸逢师傅艺高妙，把我化妆成美人。

枞阳两青年在招待所饭堂打工

食堂饭菜热腾腾，忽遇同乡两后生。

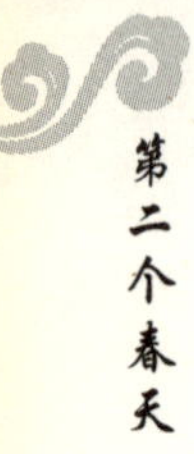

证件一看真不假，殷勤待我礼如宾。

徐庆贵陪我去省委组织部

多年不上大楼来，今日缘何把脚开？
本为正名来这里，刘家老叟暂为媒。

注：刘，原审干处处长。

杂感　赠君慧

民间多疾苦，彻夜少安神。
耳听鸡鸣晓，眼看马逐尘。
窗前风雨疾，枕上月华明。
何处真情在，瑶琴伴美人。

注：今夜月明星稀，清辉满地，我在十时后，还在户外散步赏月，此诗此时而作。

1993年9月27日

为永泰寺三位公主尼僧作

转运公主

风华正茂入禅林，碧海青天一片心。
芳草结庐留胜迹，开山念佛几回闻。

明练公主

皇宫永别到登封，不念荣华富贵经。
欣喜达摩收弟子，阿弥陀佛是人生。

永泰公主

争名夺利怎安神，觅得桃源好避秦。
削发修行终有果，皇姑楼上看风云。

1998年2月18日

永泰寺

尼僧祖寺世闻名，公主临门价倍增。
辽阔中原风日好，宝灯光照满天星。

注：永泰寺在河南。

1998年2月18日

水龙吟·周总理百年诞辰

百年庆典迎来，伟人风范留中国。一生革命，一尘不染，只争朝夕。以国为家，以民为本，尽心尽力。集神仙法宝，有谁能敌？黄河永，昆仑碧。　　今日中华挺立，听龙吟，八方宾客。人民奋战，红旗高举，满天丽日。世纪风云，大江浩荡，难忘陈迹。想当年病榻前沿战斗，泪珠如织。

1997年10月23日

对联32副

四季联

春

河畔青青草　岩前灼灼花

夏

葱茏翠木　变幻浮云

秋

窗前皎月　室里佳人

冬

风呼海陆　雪漫山川

1987年8月17日

春　联

一

金鸡报晓　玉树迎春

二

两岸笙歌嘹亮　一家老小团圆

三

小径梅开香古道　大家心喜沐新风

四

万里行人朝北望　一江春水向东流

五

喜鹊闹枝头　门临贵客
时人逢盛世　满面春风

六

革故鼎新　伟人迈大步
加油上进　公众奔小康

七

为政清廉　赢得人民信仰
以身许国　莫忘自我追求

八

北斗光照长河水　雄姿焕发满目春

1992年12月23日

家里门联（新春）

一

年年留翰墨　日日到书城

二

家常便饭　科学养身

三

欢迎八方宾客　共话万里前程

四

快进梦乡无事事　莫开思路想飞飞

五

多读书可提高素质　学科技能服务众生

六

有志气成伟业　求功名趁儿时

七

纵观寰宇三千界　研读人间一卷诗

八

学书学画益智　练拳练剑强身

1997年1月24—26日

宿松县诗词学会成立贺联

欣闻宿松县令下榻南台，太白吟诗观日出。
喜见孚玉山花飘香彭蠡，渊明载酒过江来。

注：孚玉山，宿松县地名。

1991年

枞阳县诗词学会成立贺联

秀水出芙蓉，瑞气升，香飘海外。

玉壶藏美酒，神仙醉，卧倒山中。

1990年6月1日

纪念周总理百年诞辰联

大名鼎鼎垂宇宙　热气腾腾造中华

联合国下半旗，只因你没有遗产。
普通人爱总理，足见他全部为民。

1997年6月18日

纪念邓小平联

不因三起落　难得一辉煌

熄灭阶级斗争烈火　大兴经济建设高潮

1997年4月29日

挽杨正明先生联

兢兢业业，茹苦含辛，急急忙忙先我去；
合合分分，高瞻远望，寻寻觅觅步君来。

注：杨正明与我同年。

1988年5月18日

挽何东初先生联

是青山何氏子，盼东升旭日，九死一生，黑夜难明茹苦斗。
乃皖国传奇人，望初开新宇，五光十色，红心无虑乐天年。

注：何东初，老革命，老党员。

1989年1月3日

挽孙长友同志联

苦里生，苦里长，毕生勤俭，给后代留下有形榜样。

诚待上，诚待下，满身清气，为我辈刻上无字丰碑。

注：孙长友，老三八，解放初期任枞阳县副县长，离休前任县政协副主席。

1990年3月17日

挽程廉清联

巴山蜀水　秀竹廉泉
白鹤莲花　清风明月

注：程廉清，长期在驻川部队工作，转业到枞阳任县委统战部长，县政协副主席。

1990年12月7日

朱瑞林同志千古

赤胆忠心，为国为民，血战沙场留劲节。
直言快语，求真求实，神游宦海起高风。

注：朱瑞林，无为人，抗日战士，枞阳县委统战部副部长。

1990年10月3日

王逸云同志千古

战争年代　冲锋好汉
建设时期　创业英雄

注：王逸云，枞阳人，抗日战士，曾任安庆地区纪委书记。

1991年3月14日

读后语

腐败风像龙转风，官僚主义伴昏庸。
财富创造属大众，清廉务实好为民。

作者及时捕捉贪赃枉法之徒的一些案例，以犀利诙谐的文笔揭露他们，使人从诗歌中再一次看到腐败分子危害人民和国家是那么触目惊心！作者更上一层楼，立意高远，感情浓郁，讴歌历史人物和现代伟人的高风亮节，他们心里总是装着人民，得到人民的敬仰和怀念，特别是我们最敬爱的周总理，他是一部光明磊落、顽强奋进的壮丽史诗，是历史的一座丰碑，一面镜子！作者如此安排，寓意深邃，当今所有官吏都应向周总理学习。

史君慧　2013 年 8 月 9 日

何文诗词选　六

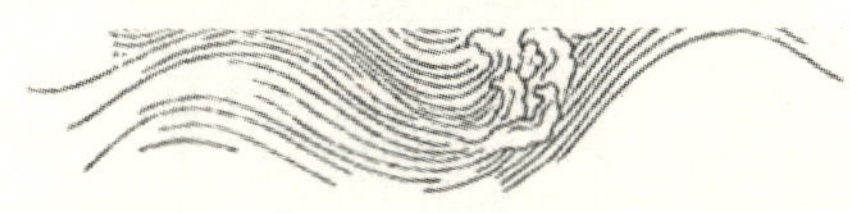

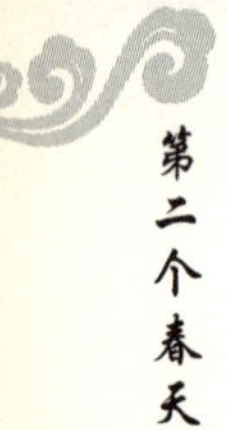

前 言

本诗词选是写给台湾朋友的诗，这些朋友是1949年前后家乡去台人士，他们在政界、军界、文化、教育等部门工作，颇有建树，其中也包括我的表兄在内；另外几首诗写了台湾名人的故事。有一些诗安排在诗词选1—4集里面，还有一些诗主要是悼亡诗尚未安排；此外我去台观光也写了一些诗，这一集也未安排进去。我写台湾的诗词约有300首（阕）左右，在中国大陆的诗人中有可能名列前茅，我为此感到骄傲。

何文　2013年9月26日

中　秋

天朗气清花满楼，中秋不再令人愁。
音书件件联家乐，游子行行跨海游。
初见瑞轮航上海，又闻院士会神州。
高峰聚首无多日，建设中华好运筹。

年年聚会迎佳节，仰望晴空万里明。
人事天时催一统，山欢海笑慰亲宁。
金风送爽千家醉，丹桂飘香两岸馨。
我上高楼看宝岛，那厢同赏月圆形。

注：1. 1988年9月11日台湾三位学者出席北京第22届科学大会。2. 台湾第一艘“探亲船”昌瑞轮抵沪。

一九九零年中秋2首

莲花湖望月

莲花湖畔桂花香，湖上情人几断肠。
老柳牵丝连彼岸，残花含露顶飞霜。
琼楼耸立华灯放，雪碧澄清宝岛光。
展望长空悬玉镜，思亲不见水云茫。

白鹤峰远眺

万里长江入画廊，奔腾不息放金光。
山峦起伏娥眉秀，水陆毗连锦绣长。
鸿雁低飞寻故地，轻舟破浪启归航。
漂流海上农家子，几度还乡几度狂。

1990年9月20日

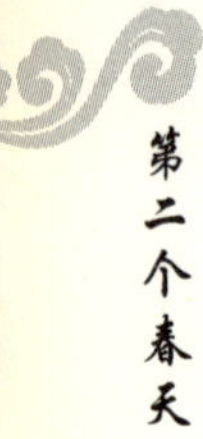

壬申中秋书赠台湾友人

蒲城月色

月到中秋分外明，老人月下亮晶晶。
山环水复云开路，月白风清柳系情。
万朵寒星容我摘，一轮皓月伴君行。
莲花湖面清如许，天上嫦娥恋古城。

登四望亭

雨后空间展秀容，四望亭外育青松。
龙眠热土思霖雨，佛面迎江听晓钟。
西望天头山鸟叫，东临碣石浪花浓。
蓬瀛赤子情依旧，千里飞归追海峰。

注：蒲城即枞阳县城，四望亭县城制高点，桐城派刘海峰讲学处。

怀念台湾作家三毛

急急忙忙天国去，望穿秋水动悲伤。
红颜薄命光阴短，破镜难圆饮恨长。
千古文章身寂寞，青春美影路芬芳。
大千世界纷呈彩，玉宇琼楼共荷郎。

活跃文坛年复年，骆驼奔走万家眠。
餐风宿露高山顶，破浪扬帆大海边。
蜂采百花多酿蜜，灯明子夜集佳篇。
千钧笔力情犹在，一代丰功宇宙传。

1991 年 2 月 9 日

悼植桐

身去魂归万事空，古今中外总雷同。
澄清湖畔磷光闪，覆鼎山头气势雄。
千里飘摇思故土，百年怨恨付枯桐。
苍天若有怜人意，应洒甘霖奠小戎。

注：疏植桐病逝台湾，未能返里，悲夫。澄清湖、覆鼎山为疏墓所在地。

1989 年

恭读陈夫子（立夫）《谈养生之道》

日月循环好，年年血气通。
按摩风骨健，沐浴雪花融。
机器常修理，思维永葆聪。
探求新事物，返老又还童。

1997 年 6 月 10 日

依韵奉和台湾雷彩霞女史

同是天涯冷落人，心心相印自然亲。
桃花潭水今如昔，可照冰清玉洁身。

1991 年 12 月 31 日

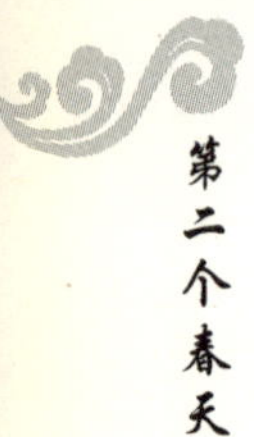

寄雷彩霞女史

世间难得有情人，隔岸相思亲一亲。
远望蓬瀛春色好，芳香四溢可容身。

1992年8月16日

呈梅嶙高先生

博大胸怀养性真，谈天说地好精神。
难忘国府多奇秘，更爱文坛展异珍。
少小曾闻山鬼叫，老来重见燕泥新。
滔滔不绝长江水，伴唱秋闱梦里人。

1991年2月19日

寄梅嶙高先生

白鹤峰宾馆为梅老饯行

阴雨连天初放晴，微风拂面大江平。
莲湖碧柳丝含韵，白鹤峰巅叶吐晶。
千里良人怀旧侣，百年骏马步新程。
归根落叶今飞去，美景依依桑梓情。

辛未7月10日

南　望

抬头瞭望楚江天，风景依稀似去年。
黄鹤有情招客饮，青莲无意伴君眠。

东湖花径身安榻，北戴河滨叶底蝉。
鸿雁南飞秋气爽，暮春红雨逐飞船。

1991年8月8日北戴河

奉答梅嶙高先生

喜讯传来开我心，龙游大海鸟归林。
儿孙膝下天伦乐，万物欣荣雨露深。

1992年11月16日

十六字令·寄梅嶙高先生

春。脚步匆匆踏进门。抬头望，风雪夜归人。

春。万里蓝天飞白云。红梅俏，瑞气满乾坤。

1998年1月

恭呈梅嶙高先生

金陵海岛连黄鹤，落叶归根恋故乡。
宦海沉浮神变幻，高崖跋涉汗流光。
漫言人世炎凉态，且品田家饭菜香。
老骨嶙峋何所乐，东篱赏菊战寒霜。

注：梅老一生为官，从南京到台湾，八十年代回大陆，在武汉任参事室副主任，省政协委员。

1990年11月14日

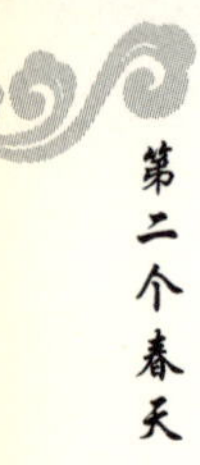

西江月·寄梅嶙老

又值中秋佳节，钱桥早种桂花。香飘万里海天霞，一曲弦歌同唱。　　莫道行宫转动，贵人毕竟还家。床前明月耀光华，万里金风送爽。

注：钱桥，在枞阳县境内，当时梅老住在这里。

1995 年 12 月 21 日

猴年早春　寄台湾恺、鑫二老

热爱家乡好梦牵，老梅开放井田边。
画中可听鸡鸣晓，字里能看柳吐烟。
日日南山云出岫，年年东海月盈船。
飘飘荡荡人间走，一路倾心乐少年。

注：二老系王恺和夫妇。

1992 年 2 月 12 日

新年寄王恺和先生

听说曾归里，为何未久居。
徘徊心不定，是否住无庐？

一度故乡见，长留长者姿。
书高人更美，日日望云思。

注：当年我从美国探亲归来，得知他回来的一些情况，有感而作。

呈王恺和老

树大根深生意浓，百年风雨仍从容。
山环海岸云铺路，佛坐神坛僧打钟。
巫峡猿啼期子健，尼山果熟逐天丰。
飞流直下三千丈，光照斜阳不老松。

1996 年 2 月 14 日

钱伯智先生退休返里

浮生难得一身闲，俯仰沉浮宇宙间。
深爱故乡风景好，大江两岸万重山。

1997 年 2 月 17 日

台湾钱伯智先生、林桂珠女士安庆记实

一　码头

汽笛长鸣船到岸，主人久等客来家。
当时没有风和雨，正是东方泛彩霞。

二　后围墙

滔滔不绝诉衷肠，一阵高风万里扬。
喜见蓬莱贤伉俪，辛勤培育好儿郎。

三　振风塔

宝塔巍巍数百年，迎来海岛两天仙。

精神满满凌云上，仰望长江百感牵。

四　迎江寺

铁锚抛在寺门墙，游子心中曾未忘。
一叶扁舟天际远，年年总是望归帆。

五　菱湖公园

翠盖浓荫石径幽，澄清碧水映红楼。
多情小鸟空间舞，并蒂荷花心上留。

六　明洋酒家

喜气洋洋举酒杯，心花怒放向谁开？
小楼从此春如海，无限风光任剪裁。

八　别后梦思

别后频频电讯来，相思梦里影徘徊。
蓬莱何日开仙境，好乘东风走一回！

1997年10月3日

中秋书赠台湾王维先生

八月桂花香满天，玉人歌舞在堂前。
抒怀茅屋情依旧，放眼山庄意觉鲜。
千里归蓬心了了，百年好友泪涟涟。
欣逢盛世君身健，沐浴阳光古道边。

飞回故国正明时，一片冰心草木知。
梦里红妆非幻觉，胸中倩影不须思。
光辉华夏梁巢燕，灿烂银河月桂枝。

还是青春年少日，依依难舍两情痴。

1989 年 9 月 10 日

书赠王道藩先生

喜看先生表里纯，宛如昨夜梦中人。
高风伟岸呈新彩，磊落胸怀展现真。
古道残阳流热血，谢家宝树助安神。
奇缘攀结芝兰艺，白首同心品自珍。

1989 年 9 月

寄台湾王维先生

多年不见玉人来，松竹犹存三径开。
千里神交情未老，天南海北共徘徊。

1997 年 12 月 26 日

书赠台湾王锡五先生

来去奔波总为家，万千思绪理如麻。
天生一副坚强骨，挤在人前去种瓜。

1997 年 12 月 23 日

新年寄台湾王锡五先生

宜城宝地可为家，拥有黄金映彩霞。

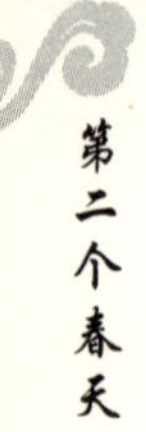

两岸穿梭天马到，一盘鲜果一盘花。

注：宜城即安庆城。

题安庆大湖合影

寄台湾刘友瑜先生黄凤兰女士。

悲喜交加劫后生，良缘奇遇影留真。
至亲好友如相问，两岸情怀梦里人。

1990年2月27日

浣溪沙·寄刘友瑜先生黄凤兰女士

昨夜西方过圣诞，今天故国看梅花。不知何处是仙家。
海上蓬莱神秘地。八仙过海食烟霞，请来天使听琵琶。

1995年春节

西江月·新年寄友瑜先生、凤兰女士

旧岁平安过去，新年绰约重来。天涯游子共徘徊，阅尽人间风采。　　眼望故人海外，雪中几度梅开。何时把酒畅抒怀，明媚春光等待。

1993年

寄友瑜先生、凤兰女士

五月榴花红似火，赏花犹恋育花人。
花师秉性多情分，花影临风格外神。

1997 年

寄台湾连太太

和平盛世好年华，万里无云不见沙。
冬去春来程序好，应该着意看梅花。

1997 年 12 月 23 日

寄台湾陈皖声先生

曾记先生好面容，当时共坐小楼中。
如今已结情和义，切盼回乡唱大风。

1997 年 12 月 23 日

寄台湾刘之峻先生

枞阳桂家坝至贵池等渡船畅谈

渡口豁胸襟，胸中播好音。
风云家国事，一曲凤凰琴。

1992 年 5 月 6 日

一九九二年岁暮感怀

文风自古属桐城，泛棹回归月旦评。
秀水明山生画意，佳肴美酒动诗情。
长江渔父笙歌涌，蓬岛仙姑午梦惊。
人事沉浮谈不尽，刘郎聊可慰生平。

1995 年 12 月 3 日

寄疏沛先生

梓里寒梅海外栽，迎风斗雪竹松陪。
天生傲骨朝天放，万里香飘不染埃。

1997 年 12 月 26 日

新年寄疏沛先生

萍飘四十载归来，阅尽沧桑骏马哀。
世上人情分冷暖，天涯游子几徘徊。
边山松柏繁枝发，蓬岛渔人白发催。
祖墓修葺真是好，台乡可立望乡台。

1995 年 12 月 28 日

寄台湾周铁夫先生

世界潮流永向前，鼎新革故总依然。
人民唯一心头愿，永葆和平不夜天。

1997 年 12 月 27 日

十一月十二日吴炳弘先生到我家

八四高龄一老翁，细看不见有龙钟。
登楼健步层层上，谈笑风生气势雄。

听吴炳弘先生叙谈身世

入世为怀六十年，丹心常系白云边。
中华气质凝身上，双目深沉永向前。

1996 年 11 月 19 日

寄吴炳弘、周铁夫先生

枞川夜雨记当年，国事如麻几变迁。
经贸联姻存厚谊，人情练达续前缘。
白云青鸟歌三曲，荻埠归帆话一船。
泪水已随流水去，阳光高照美家园。

注：诗中枞川夜雨，白云青鸟，荻埠归帆系老桐城县三景代表二老和作者住地；当年，指舒家小楼第一次相见。

1995 年 12 月 25 日

寄台湾徐正中先生

三次还乡情谊长，寻根问祖好思量。

春花秋月风尘过，一缕斜阳染故乡。

鸿雁飞千里，含情故里看。
花开春富贵，竹报岁平安。

1992年4月6日

寄台湾侯书麟先生

人飞海峡故乡回，不禁悲秋风雨哀。
热土为怀浇泪水，痴情一片不须猜。

身居高贵不嫌贫，仍似当年穷苦人。
慷慨畅谈今昔事，山翁拥抱玉麒麟。

枞水河旁笑语盈，相亲相爱听琴声。
恰逢义赈楼前会，合影存心结好盟。

一事形成一寸心，眼前出现碧纱沉。
感君千里真情谊，绿树清风鸟弄音。

注：这是侯先生第一次回故乡，他亲吻了家乡土地，我为之感动。

1992年4月16日安庆

寄台湾侯书麟先生

家住蓬瀛嘉义城，满堂笑语集群英。
书生抱剑辞桑梓，女士调琴媚六卿。
梦里黄山松色美，醒来东海浪涛平。

欣逢盛世君身健，两岸奔波国是评。

1992年8月18日

恭读张辅英先生《还乡杂咏》

历史巨人巧安排，落花时节自飞回。
晶莹泪水涟涟下，浩荡心波滚滚来。
期我河山成一统，怨他牛女尚分开。
苍松华表今何在，一寸相思一寸灰。

注：华表，家乡旧陵园，古松已不复存在。

1990年8月19日

沧海横流浪击身，故园揖别砚留尘。
桃花逐水非轻薄，紫燕还巢信守真。
岛上栖迟云外客，闾中唤醒宦游人。
春风吹满神州地，虽在天涯若比邻。

儿时犹记父牵衣，望子成龙母断机。
敌忾同仇为国去，亲恩未报望家归。
连天烽火牛羊瘦，满地干戈兵马肥。
隔水隔山还隔路，年年秋雨傍云飞。

注：以上二首作于1991年2月12日。

血浓于水合而成，世道无情亦有情。
欢聚一堂嗟共老，分居两岸幸偷生。
海边小草风中绿，湖面枯荷雨后荣。
云雀盘旋天色好，舟人心喜浪花平。

一部离骚泪写成，谁家屈子放歌声。
阴霾瘴气因风起，磊落情怀逐浪生。
沧海桑田循正道，英雄豪杰布开诚。
和平发展行为重，何是何非待后评。

身在云中学稼耕，宝刀不老气恢宏。
春雷动地晴光闪，大圣临池浊水清。
曲径野花神烂漫，寒山铁石露峥嵘。
皇天后土人长寿，百啭莺啼已几更。

注：以上三首作于 1991 年 5 月 7 日。

四十五年转眼过，风尘仆仆意如何。
常怀海外弦飞箭，久望湖边鹭逐波。
无怨无尤心坦荡，有家有国泪滂沱。
多情明月当头照，可听情人子夜歌。

纯真质朴故乡情，老少迎亲百态生。
爆竹新开生热浪，飞机停稳觅流莺。
小家夜话灯摇曳，老友神驰雁阵横。
万里春风花事好，青山绿水夕阳明。

相见时难别亦难，落花满地一灯残。
根根雪藕丝难断，字字珠玑泪不干。
四月田间春日暖，九霄机上白云寒。
八千里外人难见，伫立松园天际看。

消夏暂居渤海湾，梦中常见好容颜。
放开冷眼观沧海，研读华章捧玉盘。
北国风光容我爱，南天明月照君还。

何年画舫蓬瀛去，对酒当歌阿里山。

注：松园，张辅英先生老家。

注：以上四首作于1991年8月11日北戴河化工部疗养院。

寄植桤先生

挥别诗翁不忍分，小河似与大江同。
参天古木无穷碧，芳草萋萋入梦中。

行吟海峤踏芳程，好友联吟并辔行。
莫忘诗囊装满后，一飞千里到江城。

1997年4月30日

西江月·寄植桤先生

昨日飞回安庆，今天又到蓬莱。梦中常见影徘徊，共步迎江寺外。　　华宴盛筵易散，桑田沧海难猜。梅花雪里送春归，香气千年不改。

1997年12月26日

欢迎笑梅先生出席县中秋茶话会

万里蓝天日照中，人飞海上鸟途通。
深沉国土根连系，古老乡邦凤集桐。
序属三羊心态好，情联两岸露光荣。
长江后浪催前浪，浪里行舟永向东。

一年一度酬佳节，席上迎来心上人。
白发劲吹游子老，金风飒爽物华新。
长空皓月多如意，高树香花不染尘。
互送明眸肝胆见，血浓于水故园亲。

1991年9月11日

春日寄疏影先生、张老夫人

春风送我几多情，耳畔飞来丝竹声。
一闪灵机怀故旧，几番雅韵慕精英。
小楼独坐心难静，素手挑灯意未平。
但愿韶光长久驻，美人相伴结诗盟。

1993年2月19日

一九八七年中秋台湾疏笑梅先生还乡喜赋

秋光潋滟好还乡，一片云帆天外张。
东海涛惊游子梦，故园鹊喜腊梅香。
渔樵有幸歌家发，童叟倾心颂国强。
大地殷勤铺锦绣，西楼红女笑疏狂。

边山渡口夕阳斜，宝岛人归喜钟瓜。
幸福桥头金满地，柳峰山寨石堆霞。
双瞻阁上观云海，百彩楼前赏礼花。
一现杏坛先哲影，顿飞泪雨湿青纱。

注：幸福桥，柳峰山，双瞻阁，名山胜水，都在疏先生边山的家附近；百彩楼代指秀丽的枞阳县城。

新年寄张鹤先生

老鹤云中立，历经冬与春。
桃源风物好，日月可相亲。

何日飞东海，光临安庆城。
墙边藏古井，江上听风声。

1995年12月22日

题张鹤先生挂山玉照

安居八挂山，影在彩云间。
流水年年绿，浮生日日闲。
寒林常驻守，辽鹤未飞还。
谁说诗人老，佛光照玉颜。

1996年6月24日

新年依韵寄台湾张鹤先生

春夏秋冬满眼过，遥看老鹤意如何。
畅谈国事仍嫌少，研读诗文不厌多。
梦里依稀常见面，醒来何处可闻歌。
家乡特有天伦乐，不论穷窝与富窝。

1997年12月16日

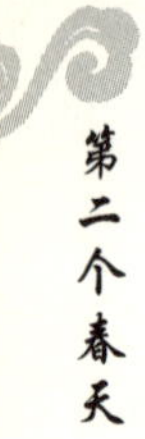

次韵奉和台湾张鹤先生

每逢佳节苦吟诗，客子心声神鬼痴。
冷雨寒风催木落，孤灯只影动情思。
关山有障翅难展，岁月无情闺怨迟。
大雪纷飞天宇净，还巢老鹤戏梅枝。

有客思乡四十年，今朝相会绿杨边。
历经风雨沧桑世，时念馨香祖墓田。
一揽江山胸际阔，重观星斗月团圆。
千行泪水迎春胜，共创辉煌了夙缘。

1988 年 6 月 22 日

谈老年读书，步张鹤先生《书香》韵

攻书暮暮与朝朝，四面清风白发飘。
山水人文凭赏玩，好诗好画一肩挑。

一座书山无尽藏，每天开发孰能忘。
黄忠爱打攻坚战，孔子生来不怕忙。

1997 年 5 月 30 日

奉和张鹤先生八十书怀瑶韵

艰难历尽志弥坚，身世沉浮听自然。
天许江山能共老，佛容弟子可参禅。

敲诗不怕千回改，买棹曾经三度还。
喜见澄潭蟾魄影，儿孙绕膝又团圆。

1996年11月2日

寄台湾表兄陆鸿文先生19首

昔年陪你去富庄，祭奠先人烧纸香。
桃李争春花自舞，弟兄媲美鸟相望。
姑娘父母都离世，我辈儿孙正发祥。
伟岸身躯梦里影，情牵万里水茫茫。

投笔从戎午夜奔，少年立志报天恩。
沙场血战歼倭寇，草地怀春望海敦。
远走高飞非得意，枪林弹雨永留痕。
历经磨难何言尽，花果山中见老孙。

注：富庄，地名，陆家祖坟在此。姑娘，他的母亲。父母，我的父母。

1987年9月

千里寄相思

春光明媚蔚蓝天，千里情书一线牵。
两岸潮平龙子戏，万家心喜月儿圆。
光宗耀祖神形系，茂叶深根陆海连。
事过境迁新政好，中华大地舞翩跹。

一去天涯四十年，音容焕发在人前。
家成业就亲朋愿，身健心丹宗祖缘。
鸿著文章兴宝岛，梦怀故里美池莲。

他年欣得荣归日，共话沧桑废枕眠。

1988年4月21日

蛇年春节漫兴

两岸桃花逐水流，人生如梦度春秋。
青梅竹马童心悦，暖日和风鸟语柔。
剑影刀光寒铁骨，玉床丝被暖金瓯。
少年当立英雄志，天下为公孺子牛。

世界三分鼎立成，环球遍地起东风。
腾蛟起凤英才现，紫电青霜武士穷。
月下游人情踏月，空间天马爱行空。
金桥鹊架银河灿，一箭新花七彩虹。

题表哥夫妇台湾沙林溪合影

沙林倩影兴飞回，侣伴情怀全展开。
历史航船送客去，凌波仙子望君来。
花开海面多生色，果结台乡共育才。
祝愿前程无限好，百年合唱凤凰台。

1989年

题寄来赴台时留影

天朗气清禹甸开，旧时王谢燕归来。
青春活力春常驻，林海飞花海外栽。
世事何如人意料，生平难卜路徘徊。
而今信步朝前迈，阿里山中一笑哉。

1989年5月2日

望兄返里

人海茫茫集渡头，阿兄何日泛归舟。

山前喜鹊高枝唱，院后娇杨细雨梳。
昆仲容颜雕玉剑，儿孙体魄赛金牛。
几多星夜蓬瀛望，乐叙天伦好解愁。

1989年12月1日

屈指行程似有期，无端鬓发夜生丝。
爱看夏月云山进，巧织秋蓬雨路驰。
鼓浪屿中花弄影，金门岛上鸟安枝。
缤纷色彩空间美，劳燕归飞意觉迟？

1989年12月11日

祝你平安

东去长江一叶舟，扬帆大海泛中流。
风吹月夜千层浪，雨洒云山百丈湫。
赤子怀乡情急切，沙鸥戏水愿优游。
天长地久人难老，努力栽花造绿洲。

1989年12月11日

蛇年除夕有寄

苦尽甘来诚不易，心中血泪有谁知。
欺人魔鬼缠身早，多事春秋沾露迟。
战鼓频催难入梦，酒旗不挂岂能诗。
备尝世上炎凉味，浪迹天涯自得师。

注：表兄赴台后患肺结核病。

老马识途经历多，身经百战未蹉跎。
漫天血雨临头溅，满地腥风把面磨。
小道羊肠寻国道，大年子夜过天河。
光明顶上春光美，面向青山逐逝波。

生命小论

命大在人也在天，百年不到不成仙。
云开可见惊弓鸟，夜黑能逢明火船。
老虎武松空手斗，孤城诸葛武侯坚。
花花世界英雄在，视死如归有墓田。

1990年5月29日

准备归来

收拾行装快到家，山花绚丽日光华。
王侯贵重终黄土，黎庶贫寒始绩麻。
酒醉茅房温月夜，泪飞坟冢冷心牙。
眼前呈现千般美，自觉归来不用嗟。

1990年5月29日

感　时

蓬门花树为谁开，燕子衔泥日日来。
北国伊人情入理，南疆红豆欲多栽。
故人张目楼台望，新谱清词神女哀。
海上惊涛难入梦，锦帆何日伴君回。

身在天涯心念家，思潮起伏浪淘沙。
连天风雨遭人怨，逝水光阴暗自嗟。
往日骋怀成旧梦，现时瞭望发春华。
蓬莱虽说三山好，总恋故枝反哺鸦。

1990年春节

手足情

莫听凄凉苦雨声，应看大漠夕阳明。

渔翁泛棹高歌唱，樵叟担薪稳步行。
百鸟归飞林木旺，千帆竞发浪花融。
弟兄隔海遥相望，白发飘飘两地晶。

注：表哥二弟大安生病。

1991年1月13日

远　望

春日黄莺两岸喧，心波滚滚意绵绵。
新房竹爆华灯亮，故里云飞大海填。
渴望年丰民好运，祈求人寿月团圆。
今朝有约重相见，酒醉农家看晓天。

1991年3月1日

鸿文表兄还乡记14首

一九九一年丹桂飘香时节，表兄陆鸿文先生偕同夫人由台返里实现亲人团聚，我全程奉陪，无限欣慰，诗以记之。

相会合肥骆岗机场

四十三年旋转蓬，今朝骆岗喜相逢。
风霜历尽身犹健，千里归来唱大风。

9月20日

回老家新开沟

一进家门眼出神，满堂亲友笑迎亲。
似曾相识难相认，多是新生两代人。

9月21日

拜访亲友

人爱桑榆重晚晴，百年不老旧时情。
酸甜苦辣全尝过，一曲心音盼太平。

9 月 22 日

祭　祖

大事一桩祭祖宗，墓门九叩哭心中。
黄泉如可通尘世，也应开花展笑容。

9 月 23 日

莅临汪家老屋

旧雨重逢五十年，慢声细语小窗前。
春花秋月从前事，欣喜幽人法自然。

9 月 25 日

注：汪家老屋，是元配夫人凤林娘家。今日特来拜访她哥哥，谈些往事，并赠送礼物，表达思念之情。表兄赴台后，已知道她改嫁长丰县，现儿孙满堂，家庭幸福。

县政府宴请白鹤峰宾馆

枞水河旁喜气盈，相逢一笑诉衷情。
桂花时节晴空好，白鹤峰巅望月明。

9 月 26—27 日

注：枞水、白鹤峰均在枞阳县城，系旅游景点。

乘轮渡至铁板州

投笔从戎铁板州，风流韵事记心头。
长堤漫步朝前看，山自巍巍水自流。

注：铁板州，在江中心，是新四军抗日根据地，1943 年表兄在这里参加抗日队伍。

9 月 28 日

过太平湖

湖水悠悠载小舟，四周翠盖碧如油。
开心一刻游人醉，满目波光影上留。

注：太平湖，国家级名胜景点。

9 月 29 日

登黄山

峰高路险有何难，索道飞人任往还。
足迹不多心愿了，此生也算到黄山。

9 月 30 日

池州至安庆途中

簸簸颠颠道不平，安安稳稳傍山行。
江南绿叶情如许，谁识当年抗倭兵。

注：表兄曾在江南抗日数年。

访陆鸿

本是同根又共窗，相依为命战疆场。
生生死死谁知道，各走东西南北方。

注：陆鸿，本家，与表兄一同参加新四军，时任安庆地区政法委书记。

10 月 2 日

表嫂迎江寺拜佛

佛本无心人有心，为修正果爱禅林。

娘娘本是蓬莱客，第二故乡佛国寻。

10月3日

家庭会

合家团聚话家常，挂肚牵肠泪不干。
提示亲人开口井，清泉涌出再还乡。

10月3日夜

骆岗机场送别

相见时难别亦难，机场仰望碧云端。
送君千里终须别，唯愿蓬莱竹报安。

10月4日

注：这十四首诗定稿于1992年1月15日下午，1月16日全天。

读后语

作者心系宝岛，神飞宝岛，交朋结友，以诗会友，诗作多多，诗感丰富，为两岸人文交流尽心尽力。我有兴摘小草赠之：

诗人雅兴爱台湾，酬唱通联日日欢。
多少乡贤情切切，共期两岸保平安。

史君慧　2013 年 8 月 15 日

何文诗词选　七

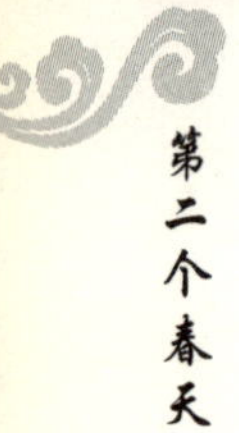

前言

诗词选七是旅美诗草，于 1993—1994 初次来美探亲时写的，内容是波士顿的景点和参观华府以及那两年春节期间写给台湾友人和枞阳一些党外人士的诗。开头两首是来美之前看家人寄的相片写的，现在看来写得还很像，按时间顺序放在前面了。参观波士顿、华盛顿的诗诗意不多，只是记录，我觉得写给台湾，枞阳友人的诗还有点诗意。时间飞快，这些诗有 20 年历史了，作为我的回忆吧！

何文　2013 年 9 月 26 日

题影寄云飞、向群

查尔斯河

大河水满小河收，天地循环日夜流。
灯映波光光似玉，树沉河水水如油。
窗前理念朝前涌，岸上风情忆旧游。
面向斯河留一影，峥嵘岁月美名留。

波城红叶

波城枫叶正轩昂，多少游人引领望。
枝茂根深干挺拔，风梳霜饰夜来香。
天然锦绣天然织，万里长廊万里妆。
红叶可知人媲美，年年共赏好秋光。

紫燕双飞

紫燕双飞筑小巢，衔泥啄草任风飘。
漂洋过海云天上，展翅行空日月挑。
细虑深思成好事，望高瞻远夺新标。
欢欢喜喜前程看，玉宇琼楼听玉箫。

1988 年 11 月 29 日

美领事馆签证

一路行行入馆中，美人签证亦从容。
万千家事皆丢下，七月登程乘好风。

1993 年 5 月 3 日

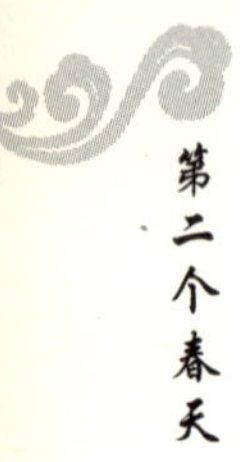

如梦令·赴美前夕

排却病魔干扰，补足一身元气。翘首望南天，正是春风得意。心醉心醉，五月榴花艳丽。

注：此词于上海住院时作。

1993年6月24日

七月十日访凯瑞图书馆

自然环境极清幽，满架图书布四周。
还有中文由我选，未来生活已无忧。

七月十一日在邻居吴义成博士家作客

铁炉生火烤牛排，绿树浓荫花也开。
野趣横生新味道，西方美景好诙谐。

七月十二日访普贤讲坛

为寻热闹佛堂来，满座华人笑语陪。
佛学大师神气足，说修正果可消灾。

七月十一日评卢刚事件

卢刚是中国留学生，心里有不平事，在持枪打死7人后自尽。

为求学问到西方，错乱神经自发狂。
一代风流天外去，双亲何处觅儿郎？

七月二十四日吕家聚会

主人来自北京城，下放曾经做木工。
一跃而成洋博士，虚怀若谷不称雄。

七月二十八日在体育场

一望无边绿树丛，育人场地乐融融。
儿童上下嬉戏乐，竞走健身不老翁。

八月六日在波士顿公园

绿色可传真，花光洒满身。
水边声浪美，人鸟亦相亲。

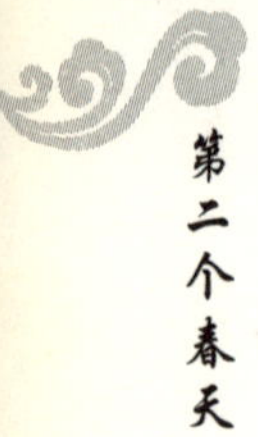

同性恋

相抱两难分，云情雨意浓。
托身芳草地，四面有苍穹。

周生太家聚会

听说是同乡，风吹花瓣香。
赤身来海外，应属好炎黄。

注：周是安徽太湖人，博士。

八月二十一日吃大龙虾

一只龙虾一磅重，十分红艳十分香。
大西洋内收成好，新到华人也品尝。

八月二十八日波士顿海滨

天气仍然热，海边格外凉。
轻沙脚上踩，浪打湿衣裳。

九月五日访美国独立纪念馆

英军登陆后，此地被围攻。
奋力民兵抗，国家独立成。

九月十一日访哈佛博物馆

标本何其多，光华入眼眸。
有心人采集，学习可为模。

九月十九日于波士顿大学天文系主任家作客

教授很平凡，今天里外忙。
大家来享受，太太喜洋洋。

九月二十一日收到台湾鸿文表兄寄来乌龙茶

野味浓浓满嘴香，乌龙飞出海之疆。
口中多是情和谊，动我心中几次狂。

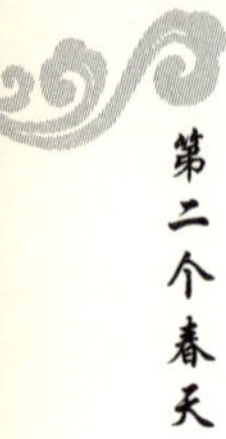

十月二十四日观查尔士河世界帆船比赛

沿岸看划船，船船欲上前。
一年赛一次，强者勇争先。

万圣节

儿童外出讨糖欢，驱鬼避灾保泰安。
还有大人随后走，西方习俗尽情玩。

十一月二十五日感恩节，请来三十位宾客

类似中秋庆月圆，亲朋团聚意绵绵。
今天全是西方味，两只火鸡真正鲜。

十二月二十五日圣诞节

火炉生起暖洋洋，老小欢娱共一堂。
挂上彩灯光闪闪，真情实感在西方。

五月十日看日蚀

日蚀准时看，眼中好景观。
平生第一次，怎么不心欢。

五月十四日在波士顿大学天文系草地放火箭

草场聚集一群人，火箭放飞好认真。
此刻腾空三百丈，新兴科学万年春。

六月四日参观波士顿水族馆

水族好神奇，参观人影移。
海边位置好，风月总相宜。

六月四日韩家聚会山东人博士

宾客满山坡，笑谈不愿离。
老人也聚会，似觉不稀奇。

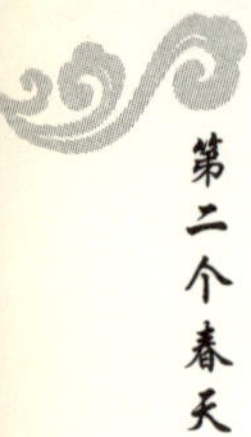

七月四日美国独立节波城看焰火

焰火影迷迷，鸟儿枝上栖。
夜深静如水，皓月已偏西。

八月二十七日波士顿海湾小岛

小轮专渡客，海水泛涟漪。
岛上人如织，同赏此中奇。

监　狱

百年监狱展，美国一文明。
风月无今昔，浪花血染成。

旅居美国寄台湾表兄

地广人烟少，林深花草多。
清晨松鼠跑，傍晚鸟还窠。

诗书心上伴，日月眼前过。
故国神思远，亲人梦里多。

1993年9月11日

癸酉中秋寄台湾植桤先生

故人归故里，月是故乡明。
相看两不厌，人月共时清。

我来西海玩，不忘故乡行。
谈笑邀明月，风传万里情。

今夜星光好，林间月透明。
静观皆自得，韵事有谁评？

人生如梦幻，梦里见飘萍。
秋水含明月，波光永不平。

1993 年 9 月 30 日

远望　寄贤会、锡英同志

日照花山湾，金环带玉环。
清泉连碧海，旭日映红颜。

1993 年 12 月 16 日

驱车麻州西部观红叶，摘苹果

正是四方红叶时，兴高采烈尽情痴。
天公如此为人想，老树风华只自知。

满园苹果枝头挂，一吃方知脆又香。
今日阳光分外好，人来人往似飞扬。

1993 年 10 月 28 日

漫步西部看风景

满目红黄绿，天凉好个秋。
西风残照里，旅客不知愁。

登小山观红叶

小径通幽上小山，四周红树立乡关。
迎来满面秋风冷，一发乡思人未还。

秃　树

叶落无穷数，匆匆又一秋。
阴阳天地转，翡翠满枝头。

1993 年 10 月 28 日

宿汤博士陈女士家

小楼布局好，日照暖洋洋。
饺子盘中热，牛排室外香。
浅尝人已醉，深意自难忘。

玉树风前立，满园花草光。

1993年12月28日

咏雪　寄台湾植桤先生

现时漫天飞雪，触景生情，特写几首小诗奉上。

雪从天上来，小院梨花开。
满目生光彩，谁人为我栽。

瑞雪兆丰年，神农种玉田。
茫茫一片白，赤子有谁怜？

一步一趋前，寻梅踏雪原。
风寒何所惧，素影自怜怜。

雪漫青山隐，冰封碧水通。
林间藏小鸟，野外遇仙翁。

1993年12月14日

新年寄台湾张辅英先生

匆匆离席已经年，回到民间了万缘。
大漠烟云空浩渺，小家灯火实怡然。
新书卷卷催人醒，老伴亲亲伴我眠。
世外桃源何处是，残阳光照玉峰前。

1993年12月30日

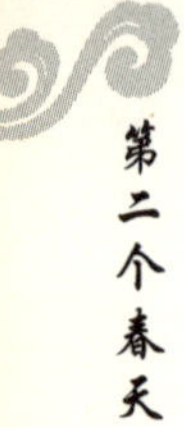

癸酉三春　寄台湾表兄嫂

旧岁匆匆过，新年接踵来。
风云多变幻，鱼水共徘徊。
居里情难却，轩辕梦易回。
人间一微体，何不染尘埃？

1993年12月28日下午

寄友人诗10首

寄聂家铸先生

朝霞红烂漫，游乐海天涯。
万里人怀远，苍山日暮斜。

寄何宗贵先生

别来无恙否？海外总思量。
但愿人长久，儿孙满草堂。

寄鲍轩先生

昨夜步君宅，今晨隔海看。
连湖风景美，好听鸟声欢。

寄张五鹏先生

八十谁言老？仁风万里长。
爱河连两岸，冷月亮垂杨。

寄许志熹先生

一碗陈年酒，酿成几度辛。
主人多慷慨，敬献好芳邻。

寄陶醉先生

才子记悠游，春光满目收。
花间寻一醉，诗国显风流。

寄高皖英先生

已经风雨夜，笑看太阳升。
不老心花放，前程大步行。

寄陆少扬先生

骨瘦如刀刮，天生情性真。
丹心甜似蜜，原是惜花人。

寄潘先莲先生

政治为先导，言谈意味深。
清风新耳目，盛日著华文。

注：以上9首，1994年1月25—26日上午写就，另一首已选入二集。

寄台湾友人诗10首

寄刘之峻先生

红日东升光照人，春风吹动柳条新。
寰球处处人如鲫，四海为家万象春。

新年寄钱伯智先生

海外思君年复年，心潮起伏夜难眠。
巫山云女情依旧，雪里梅花野外鲜。

寄陈皖声先生

世道如今仍不平，艰难曲折路难行。
顶风冒雨朝前进，会有朝阳东海升。

寄陈正平先生

喜上眉梢故里行，露天设宴庆升平。
妇孺老幼开怀笑，夹道犹闻爆竹声。

新年赏雪　寄梅嶙高先生

树树繁花放，家家玉柱悬。
高山雕塑美，飞絮满平原。

1994 年 1 月 24 日

新年寄王恺和先生

松鹤神难老，乾坤日变新。
人间多集美，花木又逢春。

寄吴炳弘先生

岩上雪初晴，鸟飞迎日升。
冰姿千里美，仁者乐山行。

1994 年 2 月 1 日

新年寄侯书麟先生

投笔从戎去，沿途大雪深。

晚晴光照好，喜见鸟归林。

1994 年 2 月 1 日

寄王维先生

引领望高雄，山峦几万重。
清风明月问，何日可重逢。

张辅英先生《第三次还乡韵》读后

有约黄花开放时，东篱把酒共吟诗。
蓬莱你作还乡梦，我在波城枕上思。

1994 年 2 月 14 日

题正华工作影

美丽正华年，诚心把命牵。
白衣天使好，风采在人前。

正华侄女归宁录像观感

一曲阳春白雪新，大家闺秀喜逢春。
珠联璧合华光闪，海誓山盟品格珍。
侣伴相随情切切，宾朋满座笑频频。
花红柳绿春天到，可慰艰辛育种人。

1994 年 6 月 12 日

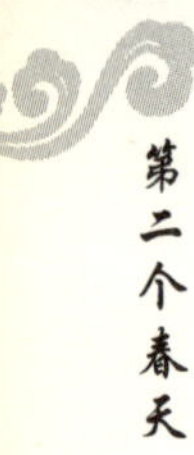

邻居福兰特

一张照片寄真情，举目向前步不停。
经历风吹和雨打，人生之旅自安宁。

注：福兰特给我一张照片，不知他何时为我拍的。

1995年3月24日

于麻省理工学院看《活着》电影

时逢劫难仍求生，反复遭殃太不平。
命运为何这样苦，根源还是世无情。

1995年4月16日

新年寄梅嶙高先生

不见音书越二年，春花秋月尚澄鲜。
人间自古情为重，愿伴寒岩共枕眠。

1994年12月23日

新年寄王锡五先生

情深似海岂能忘，景仰先生意气扬。
但愿来年秋八月，大江北岸话沧桑。

1994年圣诞节

西江月·新年寄友瑜先生、凤兰女士

府上红梅似锦，阶前绿竹争荣。小桥流水唱黄莺，山里人家高兴。　　牢记友谊第一，难忘雨露深情。年来各自步新程，进入人间仙境。

1994 年 12 月 28 日

新年寄植楷先生

高空日照水融和，海外游人欲放歌。
柳绿桃红春几许，灯红酒绿寿如何。
风云际会寻归路，雷雨频生逐逝波。
岁月循环天未老，白云生处茂林多。

1994 年 12 月 31 日

一九九四年六月六日　波士顿之夏

眼望天空一片青，繁花竟发寓真情。
浓荫树木如华盖，草地欣欣喷水生。

中国城

多次光临中国城，心中涌现几多情。
华人很会打天下，历尽艰辛事业成。

中秋寄台湾植楷先生

夜深人静一天蓝，连片丛林秀木参。
花影通明心内美，虫声响亮口中干。
清风习习星三列，朗月晶晶露半涵。
此夕西方双过度，依稀重见九龙潭。

1994年中秋夜

为波士顿纪事报创刊周年作

步步朝前走，天天有创新。
艰难难不倒，全靠热心人。

查尔斯河美，清风迎面生。
诗人无倦意，举目看新星。

2000年7月18日

华府游

十二月十一日访工业馆

一步一文明，无声胜有声。
为寻新大陆，捷足已先登。

雕塑馆

雕塑真真美，光华无纤尘。
从头仔细看，百态千姿陈。

航天馆

眼里看飞人，英雄态势真。
功成平地起，一变是天神。

艺术馆

艺术源于实，情真美态生。
人间多进步，时代听风声。

大法院看二战审判

平息硝烟五十年，人民含泪话从前。
大堂公审战争犯，历史书成正义篇。

自然博物馆

人类进军大自然，全凭智慧走冰川。
历经多少年和代，冒险开通幸福泉。

十二月十三日访白宫

多少平民游白宫，寻求秘密此心同。
堂堂总统无尘染，绿树丛中花自红。

华盛顿纪念塔

高塔凌空几百年，游人陆续上飞旋。
满城风物真如画，美好人间一大千。

林肯纪念堂

解放农奴立大功，人权至上出威风。
自由民主千秋业，宽大胸怀展笑容。

十二月十四日参观杰克逊纪念堂

坐落湖边空气新，众人探望意中人。
不思统治思民主，全靠心灵美善真。

华盛顿动物园看中国大熊猫

富态迷人绝世胎，手拿青竹把心开。
继承多少年和代，走出家门美国来。

常青公园看花

屋内好繁荣，红花绿叶陈。
寒冬还未去，此地已迎春。

中国大使馆留影

远方怀国寄真情，兴趣盎然一影生。
难得今天如意事，他年聊可慰亲朋。

五角大楼

国防重地未陈兵，两万官员守大营。
世界风云能看见，新兴科学报军情。

肯尼迪艺术中心

艺术鲜花光透明，一新耳目慰平生。
何年有幸真观演，好壮诗人缕缕情。

大教堂

古老庄严大教堂，西方文化气飞扬。
人生求得和平过，上帝专心为此忙。

美国历史博物馆第一夫人活动展

第一夫人珍宝藏，洋洋国史数群芳。
风流韵事无虚构，全看金心绘影彰。

十二月十六日参观联邦政府调查局

示范人员打一枪，说明破案要坚强。
为求社会安全策，胡佛当年名气扬。

美国档案馆

保存档案记真情，永远流传育后生。
桃李争春花竞发，象征国运万年荣。

美国之音电台

台湾人陆先生介绍，中文部有70多人，大部分是近年从中国大陆来的。

美国之音早出名，而今到场见真情。
不分日夜传消息，也把花花世界评。

十二月十七日纽约世界贸易大楼因雾大未登顶

楼高可以瞰全城，雾大无需上顶层。
富贵荣华留脚下，他年好运再登临。

纽约市容

市内车行2个多小时，经过42街、帝国大厦、百老汇、联合国总部等。

日夜车行观市容，高楼人满宝灯红。
临风广告多提示，万国竞争亮碧空。

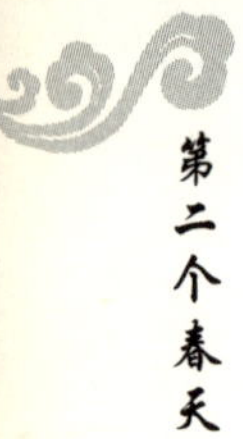

读后语

旅美期间，作者头两年写了一些诗，都是记实而作，读后有感：

异域花开气象荣，不同肤色也相亲。
千姿百态眼前现，喜见诗人情趣浓。

史君慧　2013 年 8 月 20 日

何文诗词选　八

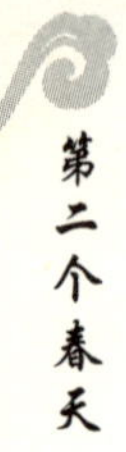

前 言

本诗词选是写安徽省境内的一些地方，包括合肥、芜湖、马鞍山、铜陵、池州以及安庆市下属市县，重点是我的家乡枞阳县，其中有我曾工作过的一些地方和寻根问祖的青山行。这些诗虽然不很像诗，但我觉得有生活气息，有人情味，不想抛弃，放在这小集子里。美不美，家乡水，亲不亲，故乡人，祝愿家乡人寿年丰，环境美好！

何文

逍遥津

沐浴好时光，冲天花草香。
柳杨光两岸，小鸟任飞翔。

曾是古战场，而今育凤凰。
和平诚可贵，百姓乐无疆。

1996 年 3 月 23 日

西江月·合肥

不见茅房遍地，纵观高阁连天。新添科技一支鲜，学子天涯出现。　　道上车流如鲫，窗边绿树生烟。江淮儿女过前川，小鸟空中接见。

1996 年 3 月 23 日

稻香楼

多年不到稻香楼，今日重来更觉优。
雪白飞鹅栖古树，清新少女结同俦。
伏天无暑心情爽，碧水游鱼意境幽。
一缕红霞人欲醉，楼台歌舞未曾休。

1988 年 8 月 3 日

一九九一年冬，芜湖枞阳籍各界人士聚会

百位精英聚一堂，乡音浓郁口流香。
浮山夕照千峰亮，荻埠归帆万里扬。
喜见亲人临跑道，欣闻游子念兴邦。
轻歌曼舞同心醉，锦上添花奔小康。

登赭塔

四围热气雾蒙蒙，难见江城真面容。
欣喜赭山还滴翠，江南正值小阳春。

1991年12月21日

广济寺所见

上下香炉生紫烟，几枝红烛泪涟涟。
有求必应真如是？八岁娃娃种福田。

1991年12月21日

皖江大桥

大江上面系苍龙，启动拉丝数万重。
抹去潇湘妃子泪，玉人含笑立丰功。

注：桥上记载，湖南有一技工为建桥献身。

1996年1月10日

漫步淮河路

大道形成大市容，淮河一望碧云通。
车行万里如流水，人在青山日照中。

注：大道指铜陵市淮河路。

1996 年 1 月 10 日

参观杨家山小学

喜看树上鸟飞扬，多彩文章贴满墙。
家长含情看校训，老师为国育人忙。

注：杨家山小学在铜陵市。

1996 年 1 月 10 日

枞阳隔江望铜陵

狮子山中吼，凤凰入万家。
峰峦挂彩带，炉火放红霞。
招引五湖客，辛培八宝花。
一江连两岸，共赏月笼沙。

注：凤凰指当时风行的凤凰自行车。

1988 年 5 月 28 日

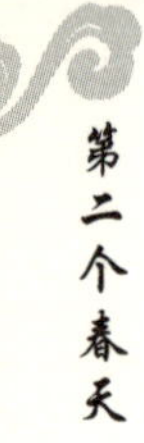

为铜陵登上万两黄金县宝座喝彩

万两黄金有几家，高门大户众人夸。
铜陵八宝名天下，万象更新感岁华。

1991年1月22日

铜陵行6首

宿杨家山爱国西村29栋1号

小小平房前后通，绿荫树大有凉风。
勤劳节俭平民色，贵客临门情谊浓。

注：这里是一位老工人家，我的亲戚。

访胡苏民先生

四十余年转眼过，今朝得见意如何。
人生道路难知晓，一折三波感慨多。

注：建国前夕，他是枞阳县义军乡乡长。

游天井湖公园

绿草蓝天好显真，赤松道上有情人。
画舫百艘如飞出，错把波光当白银。

登笔山

漫山绿树碧如油，蝴蝶穿飞任自由。
万朵野花开不败，行人欲走小亭留。

板栗山儿童公园

小巧玲珑闹市中，长城万里引飞龙。
儿童热爱天然美，满地红花迎老翁。

江上小轮

莫看船身小，轻灵好调头。
穿梭南北岸，江上弄风流。

1993 年 6 月 2 日

马鞍山

江南一枝花，香气入万家。
太白捞明月，钢城泛彩霞。

1992 年

重上九华山天台

重上天台廿四年，几回梦想作天仙。
步随流水悬梯上，面向高峰毅力添。
地藏禅林荣佛国，天台正顶冒香烟。
青龙背我云中舞，耳听仙人奏玉弦。

1988 年 11 月 20 日

重九登齐山

久仰齐山今日登，艳阳秋影赋秋声。
包公笔力“齐山”刻，岳穆诗情马背生。
世事沧桑伤往事，江流日夜颂名卿。
田园如画人如意，一座新城日月迎。

1988年11月20日

游大王洞

行车赛马有天桥，流水高山洞外娇。
五彩明崖飞瀑满，一泓碧水满池雕。
凤凰枝上鸣天晓，龙子宫中观海潮。
忽见大王威武态，雄师一万战旗飘。

1988年11月20日

忆江南

为贵池友人吴昭元，丁育民作。

新茶泡水水生蓝，满桌诗书学士酣。
笔下飞泉情激动，千军万马到江南。

隔江渡水水云蓝，一见钟情心醉酣。
镜里美人亲滴滴，芙蓉国里望江南。

1991年8月31日

答谢江南友人——童吴丁

流水潺潺映彩虹，灵池深处起蛟龙。
蓬莱仙洞风情好，李杜文章绿荫浓。

九朵莲花别样红，满山香客满山春。
畅怀同饮灵芝酒，午夜东崖僧打钟。

道是无情亦有情，窗前远望小灯明。
莲花湖畔知音许，浮渡山中百感生。

1991年12月7日

池州　赠何宗贵先生

池州幽美言难尽，百度观光梦不忘。
太白秋浦留浪迹，牧之春日问牛郎。
齐山锦绣千年画，古井芬芳万寿觞。
江北宗英沉醉此，南湖烟雨酿琼浆。

1989年4月6日

贵池14首

秋浦仙境

千载诗人地，风光碧玉潭。
杏花村酒好，游子爱江南。

钓鱼台

太子垂钓久，钟情美贵池。
年年芳草绿，碧水照英姿。

芳草地

江南芳草地，处处有娇娥。
游子文章好，云情连碧波。

大王洞

峡谷峰峦百鸟喧，七山二水一分田。
大王灵气来天地，常坐洞中望大千。

江南才子

倚马文章七步诗，江南才子有谁知。
渔翁独钓秋江月，有幸花间看玉姿。

白洋河

古老白洋河，发洪灾害多。
沧桑惊八变，曲曲动天歌。

南湖何宗贵先生家

四代同堂好，老眼看奇葩。
都说天伦乐，我来共一家。

烟柳园

垂柳相依本自然，贵申塑像很新鲜。
江南热土无寒意，笑看三吴起白烟。

宿翠微路 6 号

安居一室小楼间，非要情郎陪我眠。
暖室如春人意好，梦中含笑意绵绵。

葡萄园酒家

大名柯素珍，客户意中人。
畅饮葡萄酒，红颜分外亲。

白牙塔

七级明朝塔，矗立白牙山。
顶层生绿树，飞鸟在高攀。

国泰楼

民生思国泰，情系此高楼。
玉帛干戈化，母亲不见愁。

注：另两首选在其他集。

1992 年 12 月 11 日

上海乘江申 17 号轮回安庆所见

浩荡长江中国骄，万帆竞发路遥遥。
宝山钢铁多雄伟，两岸农桑好富饶。

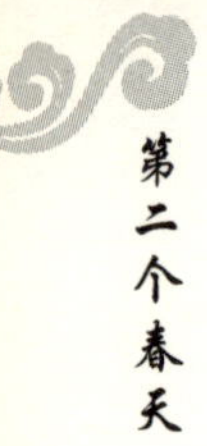

西江月·走访龙狮乡有感

十四平方公里，一万六千人才。东门城外戏连台，展出龙狮风采。　　车水马龙活跃，市场全面铺开。良朋好友四方来，万里大江澎湃。

四季田园如画，精耕细作栽培。大棚地膜一排排，全是新鲜蔬菜。　　心想市民所想，亦为自己生财。男男女女乐开怀，且看农家气派。

注：龙狮乡属安庆市。

1997年10月7日

大龙山

满山灵气汇成龙，高举龙头向太空。
碧树葱茏龙隐息，百花开放艳龙宫。

1998年1月2日

龙山石树

大风吹不倒，雷雨更精神。
日月同长寿，天天迎客人。

1996年10月25日

石塘湖

水村山郭影，船在碧波行。
烟雨蒙蒙醉，渔家唱几声。

1996年12月26日

丙子重阳节次日游花亭湖即景

鱼儿戏水彩云飞，水影云光入翠微。
山里明灯山外闪，良田万顷稻粱肥。

绿水青山梦里多，醒来又见玉山阿。
如流岁月催人进，笑看黄花逐逝波。

绿水青山几点红，巍巍大坝锁蛟龙。
满湖碧玉多沉重，一叶轻舟唱晚风。

注：花亭湖属太湖县。

1996年10月20—21日

潜山诗8首

参观张恨水先生生平

文学殿堂一伟人，生花妙笔可传真。
万千思绪如潮涌，皖水流芳日日新。

天柱山

一柱擎天神鬼惊，峰峦环抱鸟飞鸣。
林深难见游山客，万道流泉石上行。

石牛洞石刻

流水潺潺碧涧幽，书家词客乐心头。
石牛背上荆公戏，翰墨芬芳不老秋。

三祖寺

天下名山佛占多，不知三祖意如何。
茂林修竹香烟绕，暮鼓晨钟日月过。

琼阳瀑

天公巧织水晶帘，万朵琼花三叠泉。
碧玉满堆青石上，飘飞大雪漫前川。

奇谷天梯

仙人合力架天梯，送我凌云看谷奇。
化险为夷心眼正，东关一过梦魂随。

神秘谷

秘密难寻毕竟通，转弯抹角走神宫。
折腰岂为功名计，探得源头眼界空。

大雨登天柱山

好汉何曾怕苦辛，主峰未见不为真。
狂风呼啸难撑伞，暴雨淋浇可洗尘。
百丈悬崖云里立，千寻深谷雾中伸。

刘源墨迹青山闪，一线天边看美人。

1991年7月10日

小孤山诗8首

江上小姑春色满，彭郎隔水弄芳菲。
白云青鸟观潮到，踏浪仙人荷月归。

孤身挺立大江中，骇浪惊涛不变容。
冷月残星收拾后，一轮旭日映山红。

1992年3月2日

月光如水水幽幽，万里长江天际流。
过尽千帆留不住，有谁能解小姑愁?

1992年3月30日

风吹不动赖根坚，电击雷轰任自然。
羞在人前谈苦楚，孤身奋斗一年年。

1992年4月3日

天风吹动海门开，挺起身躯站起来。
一览江山胸契阔，日光月影共徘徊。

1992年5月8日夜

一枝独秀影娟娟，八面来风未结缘。
冷冷清清寒夜守，洁身自好有谁怜?

1992年6月6日

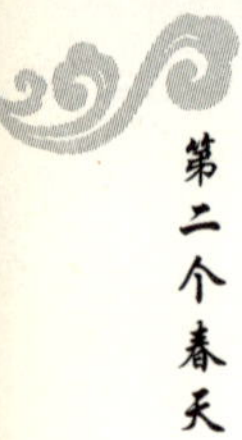

大江浩荡水连天，山上小姑不想眠。
玉镜高悬迎面照，人间天上美婵娟。

1992年9月

人间独立数称奇，历尽风霜志不移。
渔火航灯明月伴，一枝铁笔在题诗。

1992年10月10日

浮　山

偌大乾坤一叶浮，飘飘荡荡几时休。
年年月月情如许，绿满湖心鸟意幽。

1990年10月20日

滴珠岩

大侠亲题一线天，人间仙境扣心弦。
银河坠玉悬空挂，金谷喷珠映月边。
岩上小花迎远客，洞中老佛望青烟。
形虽不见神犹见，记住泥鸿几百年。

1988年12月11日

游永镇庵

永清南海三千界，镇守东隅百万家。
信士叩头如捣蒜，僧尼仰目看升霞。

发财除疾神灵佑，求子升官活佛夸。
江水滔滔流不尽，唯心唯物集中华。

注：永镇庵在长江边，属枞阳县陈州乡。

1996年2月18日

旧地重游10首

罗河下车到三桥

问路三桥遇女郎，殷勤带我到徐庄。
听来满耳家常话，腹有心思不掩藏。

观赏李家祠堂女贞

手植女贞三百年，依然挺立在人前。
维成熟睡祠堂后，可识人间已换天。

注：女贞维成植，他葬在祠堂后。

留宿龙城小学

前度何郎今又来，十年一遇兴开怀。
问长问短谈天地，满目春花雨后栽。

登龙山寺

寺在云中神气陈，满山松竹似珠珍。
摩岩石刻都留住，更喜清泉迎客人。

观隔新街

一道新街已建成，新兴工业应先行。
经商过热无乡脚，科技红花举世惊。

过小岭头

今日攀登小岭头，不知何日再来游。
当年住户仍依旧，满目青山不见牛。

应邀出席岩前村李庄群众会

脱离群众已多年，今日同堂心欲燃。
举目波光无限爱，一场春雨结天缘。

查、李二位陪我上白云岩

洞口天然向日开，千家拜佛爆成堆。
两株古老香橼树，青鸟游山还未回。

赞陶善玉

她是岩前一女郎，精明潇洒口成章。
高瞻远望培新秀，敢斗强权有主张。

农村即事

风日晴和大气融，三三两两杏花红。
青青麦菜多强壮，座座楼房烟雨中。

1993 年 3 月 21—22 日

官桥行 26 首

三月三

家家在吃粑，乡里古风扬。
民情真是好，客到要先尝。

拜齐志英母亲墓

一抔黄土掩真身，静卧山中免苦辛。
在世生平留记忆，长年累月不嫌贫。

朱启纲先生十八里相送

欲泪无言送我行，依依惜别老人心。
上山回首连双目，山下情潭万丈深。

乡下新楼房

山色湖光共画楼，鸡鸣犬吠庆丰收。
年年远出谋生计，争得小康不用愁。

小　溪

小溪石上性情真，日夜奔流无纤尘。
山色迷人多寂静，微风细草结芳邻。

杜鹃花

多年未见映山红，今日山行云水通。
满目生机花烂漫，火光喷发石丛中。

注：杜鹃花，俗称映山红。

摘杜鹃花

两束红花手上拿，婆婆莉碧下山冈。
我来水库桥头见，喊我溪边去抱她。

注：莉碧，外孙女。

登杨家山

登山为了找姨妈，不见姨妈心内寒。

五十年前恩德重，如今何处问平安？

杨家山上好风光，大树无存小树昌。
还有杨家留古墓，两头狮子历沧桑。

七家岭

此地华佗老庙基，有云活佛未曾离。
医书拿手勤攻读，酷爱众生采药医。

宿安凤岭初中读《姚瑞庭桐城文集》

蓬瀛游子爱桐城，著作新书里外馨。
山水人文天下美，清风吹动古今情。

注：姚瑞庭，桐城县人，现居台湾。

会宫拜岳母墓

墓园落在小山边，车过坟头心内怜。
三十八年沉睡处，岂知今日不能眠？

会宫大畈

会宫大畈米粮仓，不种田来做店房。
此种行为人造孽，祖宗血汗白汪汪。

一九五零年秋，由汤沟乘船至会宫老街

双溪舢板会宫开，为去笔山斗老财。
小镇繁华留眼里，如今仍是梦中来。

一九五四年大水后来会宫史君慧家

洪水上街屋倒光，各家山上搭棚安。
当年为结良缘事，琴瑟心声月下弹。

地母庵

地母观音自化身，乘云驾雾把山巡。
回心岭下刚休息，即有黎民来敬神。

再到金冲

林中到处有蝉鸣，麦浪迎风似鞠躬。
田里菜花多结角，小山开遍艳山红。

路遇山中寡妇

新茶炒好卖龙桥，满担回程白米挑。
卸下肩头对我说，小家生计不须焦。

八家嘴

宰相夫人出许家，门楼虽在已无霞。
马槽四个仍完好，探胜寻芳不见花。

访许霁白丈

夫妇齐眉老共床，儿孙满目敬高堂。
新诗秀丽闻乡里，情满人间草路香。

妇女半边天

犁田打药摘茶忙，一望田间尽女郎。
外出男儿挣票子，后方全靠小娘娘。

秧　苗

秧苗两寸笑迎风，秋日丰收入眼中。
但愿田间劳作女，精心绣出艳妆红。

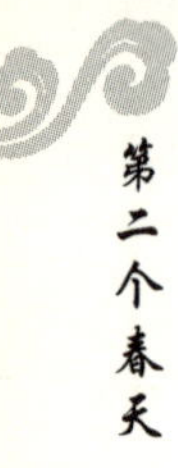

乡村医生

架上纷呈药与书，治疗有术在家居。
长期研究人长寿，四处乡民来问渠。

满载而归

九个包儿拿上车，深情厚谊足堪夸。
此行已觉心如愿，一路平安乐到家。

注：另有几首选入其他集。

1996 年 4 月 27 日

青山行 31 首

三　秋

高照艳阳亮四方，抢收抢种稻场忙。
麦苗抽绿行行起，山芋通红地闪光。

儿　戏

一路行来一路玩，学童戏赠两枝黄。
花儿拿在手中看，小道弯弯不觉长。

注：“两枝黄”即当时盛开的菊花。

六旬人

田间常遇六旬人，与我同庚亲又亲。
我报姓名和住地，大家都说好乡邻。

五谷井

久慕经师讲学处，特来访问觅遗踪。

这儿住上新房主，沧海桑田几变容。

注：经师指许积堂先生。

访九龙村书记不遇

铁锁把门人难进，西望东张总是空。
我问家人何处去，邻居说是未收工。

中午就餐九龙林场

一顿吃完六两饭，另加半碗山芋禾。
佘公待我真亲切，不禁为他唱赞歌。

注：佘公，林场炊事员。

第一次来何家青山

无人引导上青山，心往神驰不畏艰。
寂寞空山迎客到，自行开路力高攀。

黄　菊

空守寒山独自开，无人培育无人栽。
光天化日多潇洒，自信生平不染埃。

茶　花

朵朵花环放白光，生来高雅着时装。
根儿扎入云根里，孕育清香气宇昂。

长尾花鸟

忽见林中一鸟过，羽毛光彩尾长拖。
自然保护无人管，妙趣横生入碧萝。

走　兔

出没高山好自由，饥寒无虑不知愁。
天生如此好环境，应念同俦丧土丘。

远眺青山之巅

双峰耸立众山中，生在人间自不同。
入眼飞来青石鼓，飘然跃出万夫雄。

拦路石

一位老妪赶路程，有谁设障太无情。
年年依旧思前进，不愿抽身绕道行。

骆驼石

重担在身未歇肩，艰难行走日如年。
生来一副英雄相，戴月披星迎晓天。

类人猿石

鼻眼浑同原始人，口张欲语带愁颦。
风霜雨雪难防御，寻食寻衣手苦辛。

石屋寺

何氏青山小九华，茂林修竹碧云遮。
参禅悟道人思净，石上溪流日影斜。

何如宠　皇明天启三年癸亥长夏题石

手迹留传三百年，风流相国与时妍。
皇朝终伴浮云去，电闪雷鸣石屋坚。

宿真达大师床上

不见当年真达师，心中仍记碧云姿。
余情留下陈藩榻，月照床前读妙诗。

夜访方尧庄

两位姑娘昼夜忙，培儿育女有良方。
丈夫同赞妻儿好，话里情真梦里香。

注：两位姑娘系我的亲妹妹。

看飞蛾地

常思风水飞蛾地，今日墓园仔细看。
摘取一枝青绿叶，好留日后梦中欢。

拜何家始祖墓

青山何氏婺源来，始祖披荆斩棘开。
辛苦备尝创业者，后人应记月瑶台。

看止老书　拜止老墓

文笔光辉光照人，温文尔雅可传神。
如今静息青山上，老屋藏书谁问津？

注：止老，即何止诚先生。

到何氏宗庙

书声琅琅庙堂中，独占鳌头不放松。
四十余年幽梦过，应该还像小儿童。

石屋寺沙棠果树

古老干心不见空，枝头绿叶尚从容。

千年风雨均经历，唯爱光华伴晓钟。

石屋屋顶看日出

尖尖山上一枝红，万缕光霞入眼中。
足踏坚云身挺起，心头总是乐融融。

注：坚云是石屋屋顶别称。

钟山古枫

自然独立在人前，雨打风摧也枉然。
红叶虬枝依旧在，斜阳光照思流年。

注：这株古枫在我家门前。

新发户一瞥

重重叠叠满楼花，一百平方是一家。
室内新娘新打扮，东方日照放光霞。

江边早晨

清晨漫步到江边，满目红霞空气鲜。
问我渔夫何处去，大江上下看飞船。

宝莲寺

小山庙宇好清幽，满目田园无尽头。
可喜大师光佛殿，我来考察有何酬。

罗汉松

无价之宝罗汉松，光彩照人立大功。
据说多亏钱处士，至今留下绿青葱。

化工厂

工程基建正安装，为了年终投产忙。
现代农村现代化，将来不必论城乡。

1992年11月13日

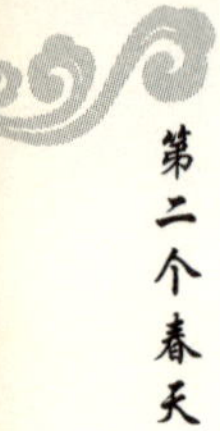

读后语

作者满怀深情写了很多关于故里枞阳的诗，还写了安庆市以及安徽省境内一些景点的诗，精彩纷呈，我很欣赏，写几句留言：

故国故里故人亲，山水人文气象荣。
热气腾腾画面上，皖江竞发赞歌声。

史君慧　2013 年 9 月 20 日

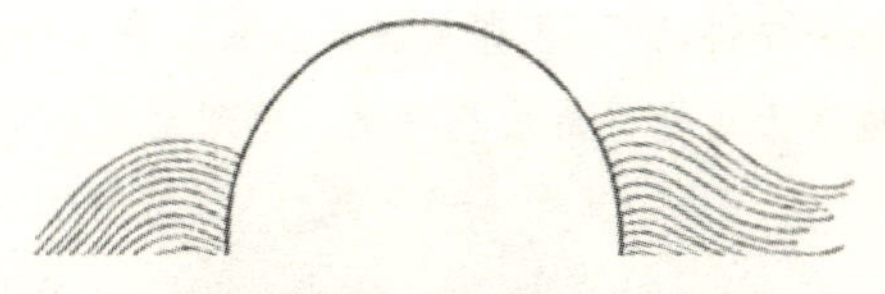

何文诗词选　九

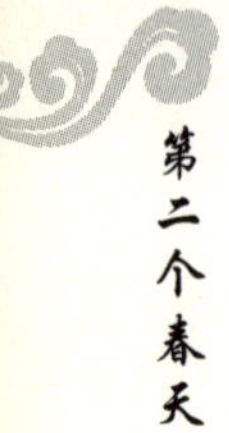

前　言

诗词选九是写到国内一些地方的诗，其中山东20天考察，看到那里改革开放形势、文化古迹，收获最大，深受鼓舞。还有北戴河，我在那里住了一个月，听取全国人大政协讲座（这也是市政协统一安排的），在那里我很放松，非常开心；我每天傍晚都到海边水上走走，看浪花飞滚，感到无比享受！

何文　2013年9月27日

乘江申1号轮到上海

人生在世兴无穷，南北东西一阵风。
昨日开心江面上，今天淮海路人中。

江申1号轮眺望

小立江心一望中，风光不与四时同。
千年茅舍难寻觅，两岸层楼连碧空。

乘江申轮到沪沿途所见

乘坐江申一号轮，满船安静亦无尘。
阳光普照从天降，两岸垂杨是近邻。

注：以上三首1998年5月25日作。

上海外滩

外滩新貌引游人，百载兴邦可问津。
两个文明上海好，载歌载舞笑迎宾。

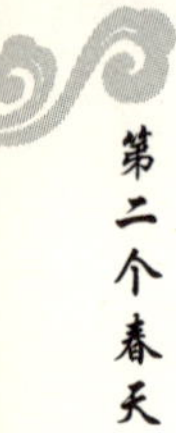

上海杨浦大桥观光

浦西竞走到浦东，小立桥头一望中。
江水翻腾仍似昔，两边大厦共临空。

上海地铁

特地走来乘地铁，试观上海一新容。
春花开放撩人醉，天上飞龙进碧宫。

注：以上3首作于1996年2月29日。

游中山公园

生机勃勃绿无边，朵朵红花耀眼前。
美满春光留驻好，好教岁月向前延。

游西郊动物园第一次看小熊猫

国宝如今世所希，忽然乐见一舒眉。
人工繁殖新生代，万世同瞻不觉奇。

松鹤厅餐馆就餐

工资收入尚低微，误入高门翠黛迷。
邻桌花钱超过百，我们还是小来兮。

注：一次付费 40 元。

瑞金医院公园

病员福地绿凌空，小小花圃映日红。
鸟唱枝头多婉转，练拳起舞我如龙。

1989 年 7 月 7 日

病房前沿玉兰花开

自然潇洒不含娇，绿叶丛中有坐标。
白白飘飘仙子气，无忧无虑任风摇。

1989 年 7 月 7 日

长兴县城

河中泊满石头船，街道纵横不见边。
玉宇琼楼藏美意，迎来皖国两天仙。

1996 年 2 月 29 日

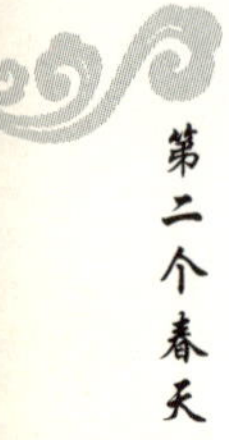

雉　亭

雉鸟居高观古城，精神飒爽自多情。
春风吹醒游人梦，呆立亭中听几声。

注：雉，鸟名，通称“野鸡”。

1996年2月29日

戴南诗9首

苏北平原育戴南，水光万道绿波涵。
画船起舞桥中过，簸簸颠颠人半酣。

春风伴我到戴南，千里寻亲心意甘。
古巷斜阳红欲滴，人情装满一篮篮。

注：兴化市戴南镇，是我亲家住地。

1996年元旦

西江月·水乡戴南镇

隔水桥梁林立，行人昂首飞扬。航行来往运输忙，多是夫妻共闯。　　镇上人来人往，历经风雨沧桑。门联大小各呈祥，光照知名小巷。

西江月·二月五日乘409快艇至兴化城

既像进山猛虎，又似穿云紫燕。琉璃划破水生寒，万丈白霞满贯。　　戏水白鹅麻鸭，返青两岸田园。生机勃勃望无边。

多少人民血汗。

上元节之夜

东桥上小立，为望月生光。
却被云遮掩，今宵美影藏。

正月十六又去东桥赏月

今夜月生光，光芒照四方。
行人真少见，唯我独彷徨。

西江月·戴南中学

多少精英题壁，弘扬教养良方。哲人心里暖洋洋，十里春风侣伴。　　几代莘莘学子，儒家源远流长。育人宝地发祥光，光照人民师长。

西江月·戴南小学

一见英雄形象，心中激起浪花。赶帮比学亮红霞，学子天天向上。　　校舍无华朴实，环境幽美堪夸。卫生打扫乐群娃，从小育培好样。

健康路市场

活鸡杀过毛全光，鱼儿游水跳花篮。
新鲜青菜由人拣，齐整千张可要吗？

注：以上7首作于1993年春。

镇江诗9首

花山湾

左右是茶园，榴花似火燃。
家家种菜地，人醉小桃园。

注：花山湾在镇江市。

359医院看李老

力战病魔多少年，英雄仍是勇为先。
全家喜庆古稀寿，八十华筵在眼前。

焦　山

江心生碧玉，四面白茫茫。
绿满乾坤里，轻飘一叶航。

1996年5月30日

金　山

佛气江天涌，铜炉生紫烟。
诵经大宝殿，和尚欲延年。

北固山

风起战旗飘，三军威武昭。
兵家多诡计，到底是徒劳。

吴王花园

此地多开阔，好山好水连。
红花伴绿叶，一片艳阳天。

参观大市口商业城

自动电梯通五楼，琳琅新颖目中收。
天堂哪有人间好，远客来游赞不休。

登临镇江古城墙

昨日古城墙，今天已换装。
茶园生碧浪，晨练喜洋洋。

1996 年 6 月 5 日

登北固山、北固楼

南国云烟满目收，青纱帐里水悠悠。
润州翡翠依山秀，京口航船入海游。
诸葛孔明生妙计，孙吴国太顶风流。
江山第一昭天下，永葆青春北固楼。

1989 年 6 月 17 日

南京诗 5 首

中山陵

伟人安卧好天真，绿树凌云气象新。
中外游人勤探望，松风明月净无尘。

梅　园

心系中华共斡旋，英雄苦斗夜难眠。
时间虽短留痕在，浩气长存千古传。

总统府

本是王爷一乐园，太平天国也情牵。

王公贵族都来过，政治因缘别有天。

玄武湖

湖大波平分外明，几多飞艇载人行。
猴儿奋力抬花轿，草地夫妻睡又醒。

老友作陪入夜还在桥上

灯火辉煌耀碧空，紫荆山色显葱茏。
车如流水穿梭急，人在桥头侃大功。

注：老友夫妇是大桥的建设者。

1996年6月6日

江苏参观诗8首

范　蠡

不作越王相，一心湖上留。
经商成大贾，日夜驾飞舟。

西　施

富丽堂皇地，冰清玉洁身。
心怜越女美，梦里结芳邻。

太湖望湖亭留影

玲珑别墅太湖边，湖水涟漪山影连。
山色湖光来眼底，静中有动一亭仙。

参观江宁县工业有感

比武擂台兴未穷，英雄辈出古江东。

花开赤县丹心展，雀占高枝绿意浓。
环抱金陵生虎气，远观世界慕苍穹。
翻开史页留陈迹，朵朵明珠日映红。

寄金陵被服厂厂长

未见尊颜泛彩霞，梦中聊寄一枝花。
香飘万里云天外，巾帼英雄国是家。

宜兴印象

座座高楼平地起，满山绿翠亦迷人。
龙盘金柱飞苍海，心有明灯共北辰。
沐浴春风春笋壮，连绵万里万家亲。
渔翁若问桃源事，一进宜兴可问津。

紫砂陶

千年国宝学名扬，今日精工品更香。
朴实无华承远志，好风万里过重洋。

沙玉琴同志

满面笑盈盈，春风得意生。
金光沙场闪，秋水故乡明。
作曲琴含意，丹心马上兵。
小楼建筑美，大国有倾城。

注：沙玉琴，江苏宜兴一村书记，丈夫现役军人，她每月工资5000元，这个村农民进厂排队，都要种田，他们有好的激励政策。

1991年1月23日

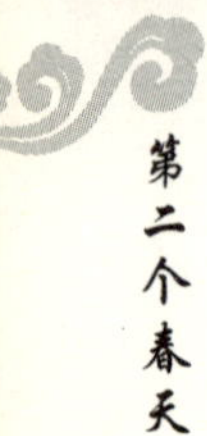

煤海恋歌　献给平顶山煤炭工人师傅

山中有煤海，煤海有知音。
踏破千重浪，挑来万担金。
寒风吹热面，碧血映丹心。
步步朝前进，壮哉赤子吟。

1996年12月11日

应“黄果树杯”大赛征稿而作

题黄果树大瀑布

白水河源远，珠帘挂碧空。
奔雷惊地起，万里舞游龙。

西江月·天星桥

碧水青山如画，波光云影穿梭。天星桥上彩虹多，野鸟嘤嘤飞过。　　出水石林剑拔，坠潭银练婀娜。诗人兴起共吟哦，月到中天未卧。

龙　宫

神工鬼斧造龙宫，世外桃源春意浓。
地下漓江无硕鼠，洞边石壁有苍松。
轻舟荡漾长河里，小鸟盘飞大殿中。
漱玉溅珠声乐美，迅雷激起水连空。

1997年12月8日

北戴河诗词10首

望海潮·登螺旋塔观北戴河晚景

无边无际，蔚蓝澄净，潮来潮去从容。人集水中，全身沐浴，犹如飘动长空。大海韵无穷。有凉风习习，红日融融。摄影留名，双双影入碧云峰。　　前方几艘飞蓬。赖明灯护照，破浪乘风。辽阔海天，烟霞缥缈，半轮新月溶溶。四海五洋通。看人间圣地，北国苍龙。几曲螺旋，数声号角震长空。

1991年8月14日写于碧螺春塔上

醉花阴·北戴河

百里花坛花烂漫，海上风吹浪。无处不清凉，月下迷宫，香气冲霄汉。　　水里浮生心坦荡，出水身无汗。日暮赶回城，帘转浮云，梦里幽人伴。

1991年8月14日下午

乘秦皇岛328次列车软座至北京

软座平生第一回，空调开动好风来。
窗明几净人欢畅，好读诗书遣旧怀。

1991年8月17日，8时13分于车厢

海滨告别

特有风情北戴河，哗哗雪浪向天歌。
流连忘返海滨上，还盼重游逐逝波。

碧螺塔

朵朵鲜花映碧螺，谁家少女听笙歌。

白云无意随风去，自有情人浪逐波。

1991年8月17日8时35分

老虎石

传说秦皇抽一鞭，下山老虎两千年。
殷勤供职曾无倦，日夜雄踞渤海边。

1991年8月17日9时26分

山海关

燕山渤海自联关，卫国戍边挑重担。
多少精英心血注，孟姜痛哭未曾还。

1991年8月17日9时48分

老龙头

英姿勃勃老龙头，万里江山眼内收。
今日潮平无巨浪，满天清气水悠悠。

1991年8月17日0时5分

海神庙看妈祖神女像

妈祖心好人崇敬，护国除妖海上神。
感动乾隆提御笔，史留倩美万年春。

1991年8月17日10时25分

堰塞湖

本是农家小水库，建成北国一平湖。
碧波摇动青山影，索道飞行总觉舒。

1991年8月17日10时40分

注：还有几首诗在其他集。

山东考察纪行 49 首

1991 年夏，安庆市政协史宗德副主席、吴斌秘书长率领各县政协主席赴山东考察，历时 20 天，行程 2000 公里，所到之处，都说天下政协是一家，通过经验介绍，实地参观，展现在我们眼前的是经济建设、改革开放的大好形势和丰富的文化遗产、美丽的自然风光。这是一次极好的机会，不仅认真地学习山东精神，还写了 49 首小诗作为纪录，这些诗词顺口溜基本上是在途中车上写的。

1993 年 3 月 25 日整理

肥东店埠夜市

店埠商家肉食多，满盘鸡鸭满盘鹅。
葱茏碧树银花放，人在街前带醉歌。

花　店

滴翠凝红一屋花，娘娘入座思无邪。
南来游客门前过，走进店中看玉葩。

肥东至全椒高速公路

高速乘车第一回，风驰电掣望中迷。
田园如画窗前展，心旷神怡六合开。

车至扬州沿途即景

五月田家割麦忙，秧苗碧绿已成行。
群鹅引吭高声唱，展现丰收大海洋。

夜看扬州古巷

少年指路没迷津，小巷无尘户户春。
多少老人看我笑，板桥随笔展精神。

六月九日富春茶社早点

百年老店待嘉宾，名点香茶品位珍。
今日有缘来座上，可夸到过扬州人。

平山堂附近荒草丛中寻拜熊成基墓

荒草萋萋冒雨寻，终于找到卧龙身。
高歌一曲碑犹记，可叹扬州无好亲。

个　园

主人画竹抱金心，高尚情怀学问深。
春夏秋冬秀色舞，飞来灵气满园林。

鉴真和尚

东瀛渡水好转经，千里回归故国亲。
久慕高僧今日见，长途跋涉学精神。

扬州至淮阴途中所见

千里河堤碧玉墙，太阳光照小平房。
青山直立连黄海，百万船工爱水乡。

淮安宾馆初食蒲菜有感

天下第一笋，应属菜中王。
巾帼梁红玉，精心赏国光。

注：梁红玉屯兵怀安，乏粮，试食蒲菜。她有发现之功，蒲菜现已向世界各国出口。

连云港登天然居旋宫

主人邀客上旋宫，鸟瞰堂皇大市容。

灯火辉煌光海外，欢声笑语在云中。

连云港云台宾馆

石榴月季玉兰花，芳草如茵不见沙。
绿竹连天池水绿，迎宾欢叫小青蛙。

日照市　农村夫妇下地

日照齐鲁地，麦海泛金光。
银锄在起舞，汗滴绿苗长。

瞻仰周恩来总理淮安故居

小院深藏一孔泉，两株榆树玉生烟。
甘泉洒入神州地，绿水青山翠接天。

路经胶南政协，主人设宴招待

胶南政协客回家，硕大对虾泛彩霞。
螃蟹横行来桌上，再斟美酒食三粑。

注：三粑，当地特产，好吃。

黄岛渡海

黄岛驱车疾，同心上海船。
风平人走运，渡稳箭飞弦。
雪浪头连尾，晴岚水接天。
纯情在此见，快活赛神仙。

青岛　六月十二日早上

栈桥留一影，记录岛中行。
绿树围山石，黄花满路英。
楼台拔地起，人气共潮生。

红日东边涌，清风送客程。

崂山古柏

观中古柏两千年，可算人间第一仙。
感谢道家多保护，顿时想起李青莲。

莱阳道中独轮车

战火纷飞地，莱阳几变迁。
公行大道上，仍有旧时车。

车过文登市

壮丽新城一线牵，文登大雅写诗篇。
放开眼界四周望，一盏明灯黄海边。

刘公岛参观白洋海军抚督署

甲午风云入眼前，以身殉国事犹鲜。
而今海面风平静，应记英雄血战年。

新威第一楼

拔地摩天第一楼，花红叶绿好风流。
明灯高照新威路，月白风清光九州。

注：第一楼在威海市一座高山上，市领导机关办公地方，香港人设计，蔚为壮观，我一人上去三次。

威海登环翠楼

座座山峦碧玉环，仙人创建美家乡。
白墙红顶开新局，绿树黄花换旧妆。
满面清风岚气好，八方贵客旅程香。
渔帆点点波峰上，红日东升照海疆。

烟台虹口宾馆35号小姐

萍水相逢情感真，十佳事业有传人。
烟台赏识千般幸，豆蔻年华独占春。

注：这位不知名小姐是总服务台值班人员，主动热情为考察组排忧解难，引路，拿包，令人感动。

参观西关新牟里

五业兴隆五彩虹，一心改革坦途通。
千年旧俗随流去，万里行空中国龙。

国际航船宇宙风，开天辟地立奇功。
英雄虎气冲霄汉，骇浪惊涛不变容。

1991年6月15日5时于天湖号轮

烟台至大连海上行

一夜微风海上行，凭栏瞭望海天星。
天湖好梦人方醒，初见东方不夜城。

白玉山塔

海上精英白玉山，几经风雨几沧桑。
劳工血泪留忠塔，国恨家仇永不忘。

大连一瞥

青山市井紧相连，渤海渔家种海田。
高格“华联”真气派，老虎滩上索道牵。

参观大连开发区

一夜东风起，吹开五彩城。

青山连碧海，黑土变黄金。
告别千年梦，招来万里宾。
神仙今聚会，激动泪纷纷。

棒棰岛过端午节

棒棰岛上息，夜听海涛声。
美食迎端午，心思悼屈平。

车上眺望青州瓜市

就地开瓜市，新鲜属一流。
人山人海里，几望几回头。

参观淄博工业展览馆

淄博大名天下扬，五区十县各专长。
陶瓷建筑丝绸路，开创化工中国王。

注：齐鲁化工总厂规模全国第一家。

走进齐国城

齐国临淄有故城，登城一望尚留痕。
景公战马存筋骨，可想当年将士雄。

泰　山

一展雄姿举世尊，满含神韵韵无穷。
盘桓大地凌霄汉，日月循环宇宙中。

政协同仁登泰山

风和日丽正宜人，泰岱登临各有神。
索道行空林海下，石阶小路紫云巡。
玉皇自古身居顶，齐鲁而今业创新。

列队群峰围八面，巍峨挺立白云伸。

曲阜宴会

曲阜相逢自己人，风云际会两相亲。
陈年老酒杯中玉，此刻佳肴席上珍。
秀水香茗情胜蜜，微山大米白如银。
今宵共话同怀圣，意兴芳邻礼义真。

孔　庙

身在庙堂皇帝封，目光炯炯显神灵。
根深蒂固枝繁茂，雨打风吹不倒翁。

孔　府

衍圣公堂代代传，文官一品孔门沾。
钟鸣鼎食诗书夜，宫主同堂共枕眠。

孔　林

森森古柏三千亩，碧玉参差不见天。
孔老先生高卧处，月光如水满平川。

藤州附近农民上火车扒煤

一只长龙向远开，几多飞将上车来。
灵心快手乌金下，满载而归该不该？

瞻仰淮海战役烈士纪念馆

决战关头血水流，英雄儿女写春秋。
硝烟滚滚阴霾散，一座丰碑万古留。

古城徐州

天下闻名第九州，光芒四射历千秋。

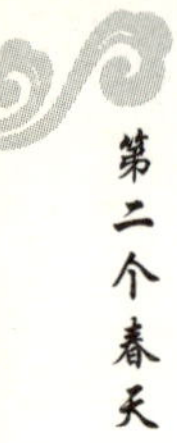

云龙山下湖光漾，戏马台前勇士留。
栩栩如生汉石画，巍巍崛起楚王侯。
车轮不息歌声起，一代英风无尽头。

西江月·蚌埠见闻

小树成行排队，花枝招展含情。霓虹灯下有珠城，悦耳歌声阵阵。　　水里农房不倒，河中杨柳垂青。渔帆点点浪头生，千里淮河入梦。

注：另有几首选入其他集。

读后语

作者在县人民政协工作期间，有机会参加一些会议和考察交流，所到之处都是诗的灵感源泉，他以饱满的热情及时写下许多诗篇，满载而归。我写小诗贺之：

古老中华紫气升，生机勃勃万年春。
人文山水诗中画，大众安逸乐天真。

史君慧　2013 年 8 月 30 日

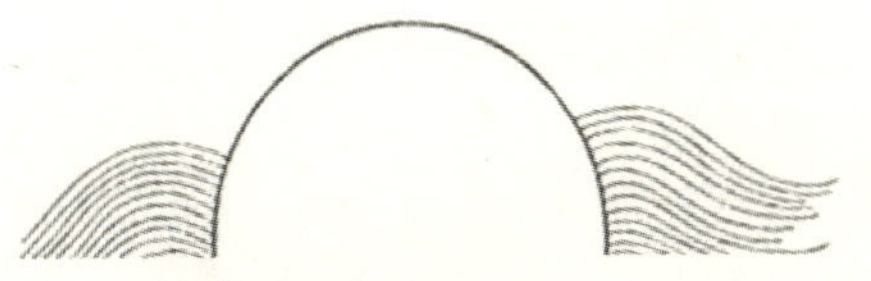

何文诗词选　十

前　言

本诗词选，写爱情、亲情、友情，对新生事物的关怀，对过世的人怀念，让人间充满爱，活得健康、尊严、愉快、幸福！

何文

海疆卫士

古老东方泛彩霞，人民战士海为家。
蓝天碧水相辉映，军艇催开浪上花。

海军访美

无边大海浪千重，万里长航日照红。
辟地开天第一次，大洋彼岸看飞龙。

1998 年 3 月 29 日

枞阳荒山绿化验收达标

荒山从此放光霞，青鸟飞回已有家。
当代愚公神色好，白云生处种林花。

1992 年 11 月 9 日上午

考察县陶瓷厂

毛氏做工六百年，艰难创业后承先。
爷当苦力身流汗，娘养娇儿泪涌泉。
茅屋通通风扫地，土窑孔孔底朝天。
帝王自诩为民父，哪有心思下九渊。

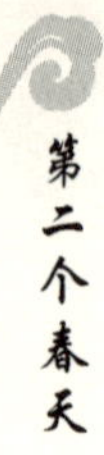

天峰山脚有瓷庄，好水好山玉石藏。
耳听歌谣音激越，鼻闻泥土味芬芳。
姑娘步步为营战，小伙心心相印酣。
多少精英怀大志，明星闪烁月生光。

1990年12月29日

鹧鸪天·鹿狮铜矿

粒粒铜沙血汗凝，小车不倒赖奇兵。转扬机上飞来石，开采神工战底层。　　人似铁，井为城，明灯闪烁照人行。小街步步春如海，一路岩花香味生。

1992年1月25日

钟声　铁铜农中

耳听钟声念哲人，农家惊喜燕泥新。
半耕半读传乡里，能武能文跨玉麟。
和煦春风催播种，华堂领袖宴嘉宾。
曾经一度狂飙动，鸟唱枝头雨后春。

注：铁铜农中，全国教育先进典型。校长王文英，全国劳模，参加国庆观礼，宴会。

腾飞　赠枞阳县毛巾厂

小马轻装正出征，奔腾海外礼彬彬。
邀朋会客通天下，跨海登山满眼春。

一路风光留美影，万家灯火照芳尘。
不辞道远朝前迈，更喜扬鞭牧马人。

注：该厂是我县最早出口企业。

1988年11月25日晚作

贤会同志寄来《外国皇宫年画》有题

外国皇宫何处寻，天涯辽远白云深。
老鹰极目高空看，金碧辉煌光古今。

1992年1月4日

怀念张大姐

海上栖迟作古人，梦游天国已成真。
百年阔别花流泪，万里春风步后尘。

二次还乡记忆中，高瞻远瞩面长虹。
江城小住人留影，满目沧桑唱大风。

注：疏张慧中女士同胞兄白翎先生第二次还乡，我曾去双溪拜望，邀请她来参加迎江寺论诗盛会，不期此刻隔海相望，竟成永别。

1996年3月11日

怀念黄梅戏表演艺术家潘璟俐

一代名伶含笑去，皖江父老泪频倾。
登台七岁人称俊，练艺三更自育英。

黄浦江边迎海客，上甘岭上见天兵。
莺莺小姐张生爱，江姐雄风举世惊。

为亲家母疏文秀作

重病在身

鸿雁哀鸣飞枕边，小姑五十寿难延。
家贫忍痛迟医问，诊断方知久病缠。
科学花开还未满，人生命运实堪怜。
王家大柱倾斜现，老少同悲恸九天。

1989年6月23日于上海

上海归来第二天登门看望

细语连绵骨肉情，昂头抗病鬼神惊。
既知热血胸中滴，还盼大灾劫后宁。
不少良言留耳际，更多美意赞黄莺。
牵丝杨柳溪河畔，流水轻声诉不平。

1989年7月21日于安庆

宝珠陪我上山扫墓

远离人世一年多，宝地安生万众谋。
身背神奇生放寺，面临俊秀石溪河。
浮山夕照仙姑舞，皖国朝晖童子歌。
不落明星天上闪，白云深处鸟穿梭。

1991年5月22日于枞阳

题三淋女史遗像赠鲍轩先生

正是春光美，开花又落花。
秋波含密语，何处觅君家。

山水钟灵秀，故人情谊长。
童心金不换，永作贴心郎。

注：鲍轩，安徽人，曾任国民党军队副师长；三淋女士，湖南人，鲍轩的妻子，人分两地，三淋逝世后，鲍轩先生把她的遗像放在一个小夹子里，每天望她一次。

1990年2月24日

悼念陶醉先生

陶醉先生，1996年5月1日来我家小叙，我送他去车站乘车回家，想不到，此去竟成永别。

生平难测是阴晴，风雨雷霆不再惊。
五月江城留一笑，良朋远别又长征。

柳杨村里出英才，路过霜桥心不灰。
眼望儿郎流血泪，先生身世有谁哀。

注：陶醉先生独生子工伤死亡。

1996年10月15日

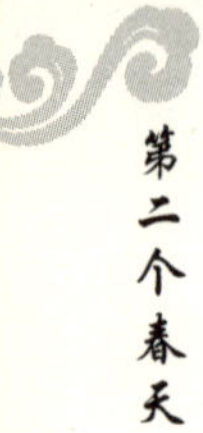

读咏梅悼亡诗依韵奉和一律

刘郎远去未迷津，大海横飘一叶身。
骇浪惊涛终到港，和风丽日始投亲。
江边绿柳情依旧，山里红花色更新。
美酒深藏君未饮，空山古木念归人。

1991年5月23日

题周平同志灵堂遗像

谈笑风生七十年，毕生奋斗未曾闲。
而今神聚高堂上，仍念苍茫人世间。

周平同志留言

周平同志在病榻上说，早戒烟酒，像何文、陈戒山那样锻炼，还可以活多少年。

病中总是忆流年，铁树开花入眼前。
如果年年勤护理，何愁不见碧云天。

1997年

谒汪辉青烈士墓

牢记当年威武容，石矶镇上宝刀红。
披荆斩棘豺狼走，为国捐躯不记功。

注：汪辉青，新四军战士，曾在石矶镇用“方小条”杀了一名汉奸，在大渡口进入日本军营摸枪，被日本兵发现牺牲。

1992年7月20日

怀念李承信同志

朴实无华光照人，忠心耿耿似无伦。
轻声细语多和气，历尽风尘不染尘。

注：李承信，曾任县小缸窑厂书记、厂长。

1995年12月6日

看望陈汉学同学

一见陈君重病磨，多情泪水涌成河。
千言万语难开口，谁识大江浪逐波。

警惕庸医2首

对面有庸医，登堂理职司。
没闻人主诉，景仰自威仪。

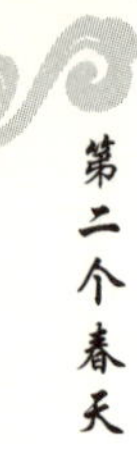

诊断凭提示，疑难怕探奇。
埋藏是绝症，想活已无期。

注：有一位老妇人因误诊而延缓治疗，临终前她说，我走了，他（老伴）怎么办？

1997年

视死如归无怨尤，千丝万缕爱难丢。
从今往后阴阳隔，难释心中一点愁。

读聂丈《回忆录七则》有感

朝花夕拾兴悠悠，梦寐难忘少小游。
自得天然童子趣，依然滴滴记心头。

几处逢妖妖逼真，妖魔不惹好心人。
高天明朗无幽暗，花落花开又一春。

城隍古庙已无存，难见当年气象荣。
今日神游心有得，殿堂还可听流莺。

慈祥圣母好精神，专把人间儿女亲。
乐善好施为悟道，平安无事已成真。

1997年3月28日

浪淘沙

听国民党一江山岛守备司令（代）王辅弼少将一席谈。

炮火正隆隆，合力强攻。一江山岛雾蒙蒙。工事全平人倒下，还在梦中。　　“烈士”幸犹存，游览故宫。台湾开会悼英雄。可笑虚张声势大，一切皆空。

1998年3月29日

注：台湾当局为他开追悼会，其实他活着。1952年，国民党军队中流传这样一首诗，王辅弼口述：

数年孤岛寄萍踪，历尽风霜瘦尽容。
望断家山音讯杳，归心乱逐浪千重。

怀　旧

壬申春省政协赵怀寿副主席来到中国人民解放军1949年渡江口岸——枞阳大拐。

英雄相会大江边，转眼春光数十年。
历史巨轮排恶浪，新生铁帚扫残烟。
近观蚕豆人犹动，远眺乌沙影正连。
宿鸟寻巢情似火，青青杨柳系飞船。

注：乌沙，江南小镇；蚕豆，掩护物。

1992年5月8日

迎江寺雅集3首

迎江古寺集文人，儒释两家结善邻。
同为中华传国宝，江山光彩万年春。

诗心可与禅心共，日月同辉气象生。
普度众生成正果，好人永远爱和平。

话说人人会悟禅，修行不断可成全。
善男善女真如是，万里无尘月满天。

1997年4月27日

景仰皖峰方丈

生来本性爱禅林，不老菩提意境深。
海岛重光兴佛国，法轮常转见僧人。
一生清气排污气，满地黄金未拜金。
江上皖峰气色好，浮图七级任追寻。

注：皖峰，安庆迎江寺住持。

1997年4月27日

应天主教徒友人之约敬题耶稣圣像

圣主频频送福来，心房安静即无灾。
人间天上多慈爱，沐浴清风不染埃。

罪恶人间有许多，过而能改又如何。

今生切莫蹉跎过，应去天堂唱圣歌。

1998年5月19日

述　怀

岁月匆匆似水流，少年得志已难酬。
身无羽翼飞天上，聊把繁花种九州。

1989年

迎江寺　陪康老留影

岁月如流转眼过，只争朝夕未消磨。
风波历尽神犹健，挺起胸膛唱国歌。

庆祝长兴老太太八十大寿

人生大事寿为高，好听儿孙吹玉箫。
艰苦备尝成过去，晚年享福乐陶陶。

1997年9月17日

书赠李翠平、夏永灿二同志

定远相逢赏玉容，只缘共唱夕阳红。
源头活水流中国，光照人间不老松。

注：夏李夫妇，固镇县离休干部，省炳烛诗词研讨会上与他结识。

1998年5月17日

书赠韩燕夏老师

呢喃燕子梁间舞，凉月凌空景亦奇。
欲问韩家何处是，人民路上有人梯。

注：韩燕夏，安庆市人民路小学教师。

1996 年 9 月 25 日

书赠高琦小学陈毓敏老师

小花朵朵向阳开，雨露全沾不染埃。
日夜辛培流汗水，专心孕育栋梁才。

寄桐城新安渡企业家陈炳琪女士

金陵闯路

万贯家财小袋装，防空洞里作新房。
穿街走巷城楼上，耳听歌声响四方。

1990 年 10 月 18 日

中国阿信

古老龙眠媚态陈，新安渡口浣纱人。
开天辟地创新业，一朵红梅万里春。

1991 年 2 月 19 日

赠徐世达老同志

大好时光远未过，寿星百岁不为多。
红光满面苍松立，华发盈头铁砚磨。
塞北风婆知劲草，江南星火亮飞梭。
舟人欲问江河事，流水前波让后波。

1988年12月14日

村居　赠铁铜余达和同志

不听城中嘈杂声，愿留江岸听黄莺。
驾舟太子矶头玩，揽胜枞川老友迎。
园菜池鱼清水井，丝瓜青豆应时牲。
勤劳为本心无愧，朝看晨曦夜守营。

1989年11月30日

春节书赠左锦同志

天生小子巧同庚，盛世相逢共一营。
柳绿桃红鸥鹭醉，龙腾虎跃鬼神惊。
雷鸣电闪山河壮，桂馥兰香雨露晶。
雪地梅花开放后，春风杨柳踏歌行。

1991年2月4日

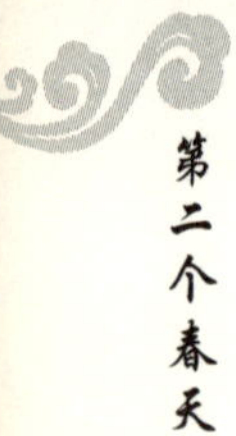

徐善荣同志印象

国事天天想，情深朋友多。
一心为尽职，日月照山河。

工作寻寻觅，拳拳赤子心。
高风人敬仰，慧眼识真金。

注：徐善荣时任安庆市迎江区统战部部长。

1996年1月19日

书赠何月明同志

高空会有月明时，野外渔樵梦里知。
历尽寒冬春日暖，千山万水可为师。

1993年2月2日

寄耿俊恺先生

人道无为也有为，毕生修炼美名垂。
花开花落年年见，仰望云天不自卑。

1996年2月12日

清平乐·寄胡山高先生

龙城山上，五彩云飞荡。妙手登高方作画，猛虎怒从天降。

春风吹到龙潭，先生漫步书房，梦里佳人刺绣，窗前鸟语花香。

1992年1月30日

寄怀童子秀先生

书生童子秀，老大有精神。
淮上明珠捧，湖边美味陈。
树高常滴翠，室陋不愁贫。
爱把诗文诵，光风日日新。

注：童子秀，国民党时代县长。

1992年2月1日

临江仙·赠汪赤生

一介书生逢乱世，飘飘荡荡几艰辛。忧民忧国泪沾巾。小舟波上立，举目看乾坤。　　获埠归帆身未老，胸怀壮志力图新。风吹雨打见情真。湾溪通大海，碧水映斯人。

注：汪赤生，国民党时代新闻记者。

1992年1月30日

中秋寄陶筱亚同志

江上人家弄物华，心潮澎湃笔生花。
秋光似比春光美，喜看童颜映彩霞。

1992年9月9日

奉和章亚中先生《感怀》元玉

行吟百里探君来，冬至阳生节气催。
满面红光谁说老，几竿青竹未曾灰。
人情事理诗双卷，归去来兮酒一杯。
莫道蓬门知己少，漫天白雪古梅开。

1992年11月26日于章老书房

书赠香港姚国安先生

风和日丽草青青，漫步归来百鸟迎。
西面小山拜列祖，东边大屋乐分羹。
久怀乡土鹅毛愿，时念炎黄肝胆倾。
欢聚校园桃李笑，思君眼望海滨城。

注：姚国安，时任安徽省政协委员。

金缕曲·寄台湾表兄

曲曲弯弯路。想当年，暗通苦水，欲归无主。有道人生天作美，毁誉谁能评估？黑夜里，光明何处？血雨腥风朝外走，断肠人问路天无语。身不老，觅新侣。　　而今仍是天涯旅。正逢时，一天丽日，满城飞絮。春意阑珊云变幻，北望登楼却步。夜深静，床前丝雨。可爱江南风景媚，晓风吹，绿满池边树。天外客，共谁舞？

1992年4月16日

张　郎

张郎为我画蛾眉，对镜笑看有所思。
昔日国中花弄影，今天家里鬓生丝。
人生难得一知己，风雨相逢两护持。
久仰鸳鸯情谊好，百年伴侣可为师。

注：张郎即枞阳二中张贤仪老师。

1998年1月3日

出席李恕宏、施萍芳婚宴

天赐良缘会李郎，莲湖把酒醉萍芳。
满堂宾客腾欢笑，紫燕双双绕画梁。

1992年6月28日

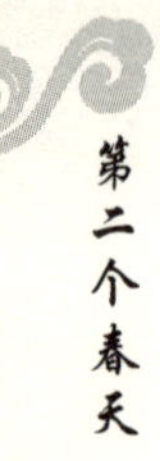

辛未腊八出席余、吴婚宴志喜

紫燕迎春舞，衔泥自筑巢。
喃喃梁上语，日日漆投胶。

1992年1月18日于鹿狮

好时光·红生、美萍结婚

大好时光呈现，萍绿绿，日红红。从此凤凰同入梦，情浓比酒浓。　　四代人共庆，有秀竹，有苍松。万里长征路，策马立高峰。

1997年2月

无题4首

富贵荣华东逝水，云烟过眼眼空空。
蓬山说有神仙路，仍是虚无缥缈中。

1996年1月29日读《李白传》作

水中捞月月无华，山外寻踪未有涯。
举目沉浮天下事，谁怜贾谊屈长沙。

1996年12月15日

泰山压顶不弯腰，祸福相依由你挑。
铁臂铜头全粉碎，烟花一束上云霄。

1996年1月2日

情网纷飞柳下垂，一生系得几安危。
天河远隔无舟楫，心上嫦娥梦里追。

1991年12月18日

奉和毕彩云女士《无题》

心有灵犀怕显真，凝眸瞭望益精神。
谁家女士情怀旧，哪位先生意逐新。
万里大江留倩影，一蓑细雨洗轻尘。
舟中司马今何去，可念天涯冷落人。

张鹤：谁知才女，已见阳春。亦寄上。

1996年11月17日

集句　寄江南友人

一江春水向东流，物换星移几度秋。
六代绮罗成旧梦，杨花燕子共悠悠。

注：集李后主、王勃、鲁迅、佘怀。

1995年11月18日

重访段庄

四十三年一梦过，重观水色意如何。
故人依旧关怀我，不见花开感慨多。

1992年7月20日

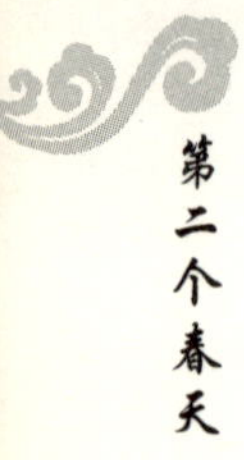

恋　情

谁家有女望台湾，三月东风泛棹还。
快把双眉描画好，玉人久想看红颜。

1997年11月24日

咏金婚

梦得相思子，欢愉五十春。
小窗明月共，长作白头吟。

注：在张亚中先生家留韵。

百岁新娘

1998年第五期《爱情 婚姻 家庭》刊载：1997年春，湖南贵阳县城郊乡敬老院104岁王月姣与67岁李灶生喜结良缘。

李郎老了未曾婚，今日爱情找到根。
敢把心花开放出，一呼一应定乾坤。

百岁年华价胜金，老人王国实难寻。
相依为命同心结，共奏炎黄一曲琴。

注：1998年5月23日，在市少儿图书馆看《安庆日报》后作。

寻春　寄鲍轩

春去春来年复年，花开花落在窗前。
时人如把春留驻，愿许终身红线牵。

1992 年 12 月 28 日

题表兄《一帆风顺》贺年卡

万里行舟运彩霞，蓬莱三岛好为家。
春光浩荡千家醉，满眼金光耀眼花。

1992 年 12 月 26 日

献给枞阳县政协“老联”

春　雨

二月春风细雨飘，九天云气任逍遥。
江边老柳垂丝绿，山顶青松碧玉雕。
小草欢心自起舞，行人问路语多娇。
源头流水枞川满，可望丰收慰舜尧。

夕　阳

笑望西天挂夕阳，山花湖水共芬芳。
红霞缕缕连云海，绿树葱葱生碧光。
牛背黄童吹短笛，渔家白首唱归帆。
深情巧妇炊烟起，一瓣心香迎玉郎。

1989 年 8 月 24 日

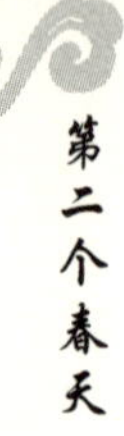

沁园春·安庆新居

春色融融，细雨濛濛，进入古城。喜琼楼耸立，艳阳高照，满堂字画，多盏华灯。小小“皇宫”，平平百姓，亮丽人生度晚晴。　　人间集美求真，花恋蝶，新情连旧情。有红桃绿柳，青松白鹤，西洋帆影，东海涛声。一片精心，深情护我，七级浮图好梦成。亲朋至，诉流年往事，注目卿卿。

注：1992年1月3—4日，我们的家迁到安庆市。

1992年1月4日

离职回家

合家团聚好迎春，勤扫楼台不染尘。
抓住人生新起点，修身养性作黎民。

闻鸡起舞后围墙，饱览诗书满腹香。
气爽神清心自得，夫人伴我看长江。

1992年

欢庆七十寿辰

合家欢乐庆生辰，宝座中间有贵宾。
花烛含情为我亮，蛋糕好吃替人分。
齐眉夫妇清光影，绕膝儿孙热浪身。
扬子江边明月夜，欣然回首话风尘。

大洋彼岸女儿情，贺电传来献孝心。
东海扬帆风雨过，南山流水夕阳明。

文风景仰桐城派，华阁爱闻河叶馨。
淡泊生平聊自慰，阳光道上育精英。

2003年6月30日于安庆

大观楼齐生家评诗

诗人聚会不寻常，说起诗来意气扬。
为在吟坛留美影，照来照去看梳妆。

1996年12月3日

鹧鸪天·支前　步铜陵尚朴先生韵

人海人山东向流，江南已是燕开头。军需备足鞋粮草，勇士先登快发舟。　　年尚少，展宏猷，支前路上结同俦。春风伴我飞毛腿，只有欢欣没有愁。

南北菜花四月香，万船齐发水茫茫。破开天堑人如虎，夜宿街头不怕凉。　　军号响，战旗扬，江南千里好风光，蒋家兵败如山倒，方见将军头上霜。

1996年1月13日

观木兰拳

安庆市迎江区海联会为迎接香港回归，组织机关干部，学校女同志练习木兰拳。

胸怀爱国志，练习木兰拳。

丹凤朝阳立，东方欲晓天。
飞龙迎日出，彩蝶戏花前。
孔雀开屏式，黄莺落架边。
抱球狮子跳，巧步有金莲。
一脚千斤力，满身汗水添。
彩虹同起舞，共祝紫荆妍。
一路风光好，浩气沉丹田。
腰带四肢转，乘风破浪船。
进攻与防守，稳如磐石坚。
刚柔动静具，精气神亦全。
昔日木兰女，如今有万千。
春回大地美，杨柳绿前川。
百年奇耻雪，万众喜开筵。
热热香江水，巍巍长城巅。
扶摇可直上，齐诵大鹏篇。
迎江看得远，事事都占先。
还有海联会，殷勤国宝传。
我来观盛况，几度梦魂牵。
今日心花放，华堂觅友缘。

1997 年 6 月 8 日

安庆春日

车如流水马如龙，迎面春风九万重。
多少情人分手后，滨江路上又相逢。

1993 年 3 月 21 日

喜雨联想

春雨贵如油，苍天得自由。
山峦修竹翠，田畈绿苗稠。
马叫声千里，人欢动五洲。
长江浪不息，出没看飞舟。

1990 年 1 月 15 日

鼠年除夕偶成

一心平静静，两耳亦无哗。
默默人生里，深深感岁华。

1997 年 2 月 6 日

龙年除夕

火树银花不夜城，龙年除夕乐融融。
千家合唱阳春曲，万众同欢雨露功。
爆竹一声除旧岁，新人辈出步长征。
儿孙礼敬香槟酒，一束心花意万重。

1989 年 2 月 18 日

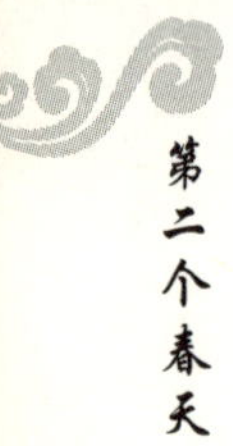

虎年春节抒怀

千金难买寿而康，地大天高日月长。
一座泰山能顶起，小溪流向太平洋。

滚滚电波四面来，人情未老不须哀。
年年依旧春风起，唤醒百花次第开。

雪5首

清晨大雪飘飞，路上，墙上一片白，昨夜已经下了一夜。

油菜开花满地黄，一场冰雪在遭殃。
田家用去钱和汗，谁为他们作补偿？

人力胜天是好歌，不求神鬼保田禾。
他年若果如人愿，大雪飘飞万象和。

1998年3月16日

雪

白玉无瑕光照人，奇兵六出显精神。
害虫消灭心欢快，迎接太阳了此生。

1997年12月6日

雪

万担银铺田，青山植白莲。
长河雕玉案，雀闹雪花天。

注：正月初四，初五大雪，初七下午还在下雪，长河冰结，多年不见，好一派雪国风光。

雪　寄台湾刘友瑜先生

大地茫茫大雪飞，天涯游子念柴扉。
高山深谷棉铺路，万树梨花迎客归。

1991年12月18日

安庆大湖牡丹

满园滴翠净无尘，富贵荣华聚一身。
三月阳春开笑脸，引来多少意中人。

1996年4月29日

题客厅一盆兰草

满室清香几点兰，无尘无垢兴微酣。
天生秉性高人伴，幽谷深沉万象涵。

1993年4月15日

凉台盆菊

傲性朝天放，霜侵雨打头。
金光迎旭日，清气满城楼。

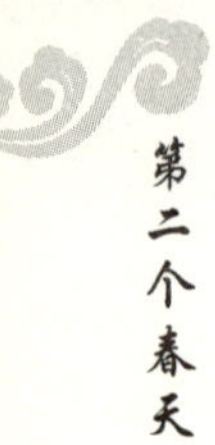

家中茶花开放一朵即景

堂前一朵小红花，化作心中万朵霞。
绿叶支撑生命力，天寒仍是兴无涯。

1996年1月19日

行香子·梅

万里香飘，飞入云霄。数风流，没有多娇。罗浮梦杳，倾注仙毫。雪花同舞，好潇洒，不称豪。　　生来傲骨，独备风标。立人前，从不弯腰。竹松为伴，桃李相邀。大地回春，莺燕舞，涌春潮。

菱湖荷花开放即兴

洒满骄阳六月天，菱湖绿叶伴红莲。
清风拂拂游人醉，姑嫂开心乘画船。

一阵清风扑鼻来，英姿飒爽白莲开。
放开两眼湖心看，立在花旁不染埃。

生在污泥不染泥，一身清洁最稀奇。
堂堂君子人前立，走进官场可作师。

清清湖水兴悠悠，叶上珍珠顶上头。

映入心灵全是美，高歌一曲步层楼。

2002年7月4日

春　蚕

来到民间织女欢，几经磨难志弥坚。
纤丝自缚心无悔，枵腹长眠身不寒。
情系桑园眉色舞，形成玉帛雪花团。
韶光一瞬随春去，五彩云飞带笑看。

重阳不见鸿雁过境有感

高天雁阵向南飞，飞到衡阳水草肥。
今日长空无一影，不知北国可安危？

1992年重阳节

读后语

亲情、爱情、友情、乡情是本诗集的主要素材。作者心高意远，写了年轻人喜结良缘，甜甜蜜蜜，如胶似漆；亲情写得温馨无比；友情写得诚信真挚；乡情写得浓郁至切。诗感丰富，语言贴切，音调圆润，展现一幅美好的诗情画面，我感言赠之：

情心流淌发内心，有心有情有诗文。
灵感萌发绵绵意，不老诗情织锦成。

史君慧　2013 年 10 月 4 日

何文诗词选　十一

前 言

本诗词选是最近三年的诗作，包括故乡吟、台湾自由行以及旅美生活点滴。这些诗都是贴近生活的随意作，没有认真构想，没有什么诗意。故乡吟，我写的人物中以亲戚、邻居、同事、朋友为主，其中有不少是工人、农民、职员等。台湾的诗，主要感谢几位老朋友全程接待，所有具体事项都是他们安排的，令我无比感动！旅美诗草，多是思念祖国、思念故乡的诗，包括中国年、十二生肖等。

何文

故乡吟 50 首

安庆秀英家

吃在秀英家，主人为客忙。
飘萍万里远，今日喜还乡。

看到汪奶奶，心花满面开。
殷勤陪我坐，笑语耳边来。

注：汪奶奶是荣秀英的老母亲，时年 87 岁。

书赠老友周之城、疏菊生夫妇

周公秉性是多情，来到路边迎客人。
谈笑风生心意美，高山流水物华新。

研究病情属上乘，治防有术见精心。
年年风貌仍依旧，幻似仙乡育美人。

注：仙乡意指，他们住地紧靠湖边，是有水有草、空气新鲜的好地方。

书赠同族嗣龙先生

好客友朋多，助人爱琢磨。
年年生气足，日日笑呵呵。

少年好学伴，老大心连心。
安庆常来往，飘萍万里馨。

幸有老夫人，相扶好贴心。

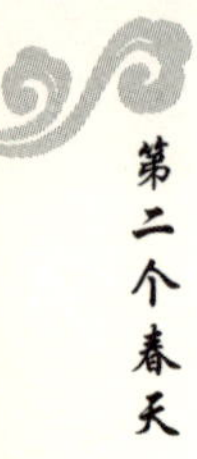

每天谈笑里，光照满堂春。

共勉　赠曹宗武先生

少小影留真，老来人更亲。
春风邀好伴，百岁庆生辰。

怀念汪学诚同学

少年学习爱光阴，步步为营日日新。
所有行程都记得，悲秋落叶泪纷纷。

注：汪学诚，小时在中山读私塾住我家，青山小学念书同级同班。后来他念中学，上大学，在当年的小学同学中，他是唯一的，算得上凤毛麟角。

杨宣祥、白启寰先生造访

诗书送我表心情，此刻临门倍觉亲。
盼望来年相会日，欢声笑语论诗文。

手捧诗书在客厅，光临老屋感情真。
千山万水寻芳伴，鱼水交融共探春。

注：杨、白二位是诗人、楹联家。

访陈逸如先生

八十高龄风韵陈，龙山气魄似无伦。
桃花流水源头远，欣喜渔人去问津。

注：陈逸如是安庆龙山诗社会长。

书赠康兆郁、齐美淑老同志

美好时光九十年，苍松翠柏在人前。

心灵如水逍遥过，期盼人间结善缘。

逢人总是笑盈盈，心里宝藏是幸福。
兴趣浓浓在作画，爱打门球练筋骨。

怀念高政发老哥

十月离人世，清贫八尺身。
铜陵风物茂，总觉故园亲。

2010年10月

看望王佩庭老亲家

年老病缠身，人生多苦辛。
爱心儿女好，激励后来人。

惊悉何伟成逝世

文学渊源数伟成，风流儒雅足称雄。
高山流水春长驻，景仰族兄劳苦功。

注：何伟成编著的《枞阳风雅》是一部巨著，当代诗人和后代诗人以及大众都会受益。

赠君慧表弟妹正刚、正志

夫妇上班日夜忙，虽然收入很平常。
明年可领退休费，生活无忧过小康。

赠君慧表弟正富

多年没到小山来，此日重临心扉开。
唯愿儿孙行好运，春风化雨速成才。

住亲戚国成、伶俐家

两位退休老，精神都很好。

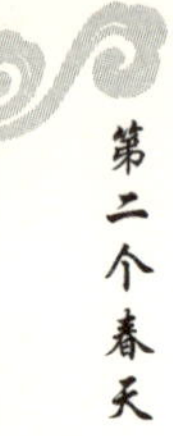

生活不用愁，开心白发少。
儿女都能干，丢掉是烦恼。
对否属于谁，有时伴小吵。
风趣情感深，乐意开怀笑。
温馨春永驻，丽日看天晓。
我来这里住，吃得已很饱。
虽是小菜饭，营养足够了。
为表达谢意，吟成这小稿。
来日方长情可追，物换星移天不老！

2010年12月25日

西江月·访查世超先生

昨日良朋告我，今天打马寻他。诗词整理要人帮，想借先生儒雅。　　风雨如磐消失，光华照亮奇葩。落红不是无情物，永是护花好样。

西江月·赠施在福老友

三朵金花开放，芬芳热气如常。门庭日照暖洋洋，施老情怀怎样？　　打点小牌消遣，香烟早已离他，诗书仍是爱评尝，可听轻声小唱。

西江月·赠高维权老友

笑看岁月延绵，满堂寿果仙葩，全程景美路康庄，迎面春风荡漾。　　乐听话音响亮，欣看豪气增加，治疗研讨似专家，永葆欢心不散。

注：他曾患重病，经治疗调养康复。

看望沈忆萍同志

老沈依然像绿萍，欢欢喜喜度生平。

凝眸过往风云里，劲节高风举世惊。

宣传妇女半边天，蹈海登山步履艰。
一片丹心为革命，辛辛苦苦一年年。

赠俊林、桂兰

昨日步君宅，今天吃正餐。
香飘万里远，美食怎能忘。

桂子依然秀，兰花似有香。
深林多美景，俊杰爱华堂。

高山多挺拔，流水泛光霞。
岁月无穷尽，人生岂肯闲！

书赠吴良杰先生、俞宏玲女士

我到大楼寻友人，听他话里韵无穷。
民间瑰宝君沉醉，雨后花开日照红。

棉花培育几艰辛，谁识精心上海人。
来去乘船留倩影，铜墙铁壁见精神。

书赠史医师、陶护师

曾记当年医护师，衷心望我病能除。
丹参吊水天天滴，技艺高超心脉舒。

注：一个疗程20天，在他们家。

赠何念老师

拿来两本好词书，学习填词兴有余。

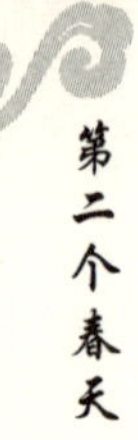

今日登门求指教，轻声细语应何如。

注：两册词书《诗词格律》王力著，《词学概说》吴丈蜀著。

赠殷经权同志

诗词研究很成功，挤进中华翡翠宫。
多去民间问疾苦，经常想念楚灵钧。

赠邻居高奶奶

谈笑时常到你家，看她心里乐开花。
分离万里难欢聚，海外游人看晚霞。

赠章秀英老师

两家门对门，有缘成近邻。
深情多照顾，故事永留存。

注：我在怀宁工作时，君慧曾对我说，她在生病时多次得到章老师的关照，深深感激。

怀念章发舟先生

老友大名是发舟，辛勤努力为人谋。
真情吐出容光闪，厚谊传开美意投。
心念瑶湖怀故旧，面临枞水步层楼。
神游诗窟清音美，旗帜劲吹不老秋。

宿凤花家

这儿是我出生地，万缕千丝伴我行。
今日回家拜祖墓，难忘父母大恩情。

离家六十二年

四处奔波快一生，归来心里乐融融。

喜闻小辈都成器，无比欢心看小龙。

参观中山大院制衣厂

缝纫制衣正运行，眉开眼笑好开心。
从今可把家门守，不到外乡去打工。

小院访九十二岁老人

她是中山大老人，我来拜访有光荣。
愿她百岁时辰到，歌舞生平酒一盅。

访大传同学

同庚同学好，此刻得相逢。
老骨风吹硬，童颜日照红。

访传彬同学

传彬心境好，总是笑盈盈。
今日登门看，春风得意生。

有谈西院事，谁是贫穷人。
不绝滔滔讲，为我发传真。

访中山西边两位贫苦老人

老年生活苦，见面我寒心。
渴望人情暖，余生日照中。

石矶头小镇

生意好红火，小街很整齐。
看人均不识，情感尚依依。

赠大安表兄

生命能延续，心间乐未离。
安康多注意，长寿不稀奇。

注：他曾患过多种疾病，死里逃生。

赠桂荣妹

老伴朝前走，悲情渐脱离。
孙儿孙女带，一片爱心堆。

赠亲戚永华、晓春

两个女儿在宿州，心念她们去漫游。
我到会宫难会面，热情待我梦中求。

人生道路有何求，去去来来影未留。
全为儿孙谋幸福，跋山涉水永无愁。

赠君慧表侄建勤

两只金凤凰，飞入彩云间。
门庭增瑞气，朱氏喜开颜。

注：一个贫穷的农家，最近一对儿女先后考起大学，是农家的大喜事。

台湾自由行 29 首

和风丽日里，宝岛自由行。
圆了多年梦，心花海上馨。

刘友瑜先生、黄凤兰女士接机

二十年前忆旧容，深情迎接好乡邻。
夫人火眼金睛看，确认来人此是真。

宿中坜市福容大酒店

中坜新兴大市容，行人欣喜步芳尘。
交通枢纽多方便，四面八方可问津。

国父纪念馆

曾是中华一伟人，艰难奔走旅途辛。
自由民主繁荣梦，留给后人力创新。

中正纪念堂

风波滚滚到台湾，确保众生海上安。
俯仰沉浮天下事，心潮不息梦中酣。

101高楼

第一高楼吸引人，我来观赏很开心。
置身宝岛风光里，足下留痕倍觉欣。

士林官邸

此处真幽静，台湾好地方。
当年主进住，今日客观光。
盛景虽存秘，美人曾未藏。
韶光留一瞬，小径水流芳。

故宫博物院

文物属中华，光芒照四方。

精心传国宝，赞美好家乡。

拜谒鸿文表兄墓地

墓地高高可显灵，大家叩首拜鸿文。
安居宝地无烦绕，拥抱和平两岸人。

嘉义市豪华大饭店

这儿小住早安排，深感侯公展玉怀。
今日有缘成贵客，心花开放向天开。

吴凤纪念馆

他是民间一伟人，牺牲自我保乡邻。
蓬莱从此添新俗，可与高山族更亲。

吴凤公园

介绍闻名阿里山，天天如此未曾闲。
火车开动通行好，结伴神游开笑颜。

跑山鸡

闻名乡里跑山鸡，此刻烹调宴客兮。
欣得先生高厚谊，驱车小品到城西。

日月潭

来到深山日月潭，天然仙境在人间。
画船游览人舒畅，绿水青山伴往还。

淡水河

淡水河真美，清幽入画廊。
宜人居住地，像是梦中乡。

刘友瑜先生饯别

一家老小聚餐厅，欢送离台两客人。
如此盛情心有感，何年反馈我乡亲。

书赠侯书麟先生

敬读先生赠宝书，心花开放动风雷。
毕身奋力寻真理，白玉无瑕一卷诗。

驾车陪我两天玩，老者精神真可夸。
岁月有缘向前走，育培两岸向阳花。

注：侯老时年87岁。

书赠钱伯智先生

人生难得是真情，进入余生老眼中。
展望前程花似锦，丰收成果逐年丰。

书赠疏沛先生

疏公谈吐畅胸怀，得意洋洋脸上堆。
大赞夫人才德好，天天沉醉凤凰台。

注：疏公时年八十多岁，老夫人照顾得好。

书赠黄凤兰女士

英语教师培育人，金黄硕果满园丰。
心花璀璨天然美，挺直身躯看远峰。

书赠林贵珠女士

堂堂巾帼展精神，一片金心育后人。

眼望全家呈瑞气，满园桃李共争春。

书赠蔡金英女士

虚怀若谷不称能，爱把攻关事业兴。
乐意为人心地美，高歌一曲为亲朋。

书赠王碧桂女士

知多识广发传神，工作年年历苦辛。
此刻休闲闲不住，栽花弄鸟伴夫君。

刘友瑜先生偕夫人机场送行

依依惜别现真情，此日蓬瀛气象新。
期盼来年能再见，欢歌笑语庆长春。

寄正华、国祥

小家春意满，举目看前途。
乐事天天有，波兴总不休。

儿女栽培好，晴光洒满楼。
未来风景到，豪气自然收。

表娘过得好，陪我台南游。
形象难忘记，高风永久留。

大姐精神好，持家会运筹。
小孩都上进，快乐在心头。

注：国祥、正华是表兄的女婿女儿。

美国生活点滴 26 首

除夕在汤博士家吃饺子

饺子大家动手做，含情把酒共聊天。
我来这里心欢畅，满口品尝味道鲜！

注：共有四家近邻应邀赴宴。

女婿女儿家过新年

满桌精华香气传，婆婆拍照记新年。
亲情体贴浓如酒，展望新程喜气连！

2012 年 1 月 24 日

勒星顿镇春节联欢会

邀请朋友美国人，他们同样乐天真。
高歌中国繁荣梦，一片思乡游子心。

写给波士顿《美食诗社》诗友们

诗社成立周年了，我倍感欣慰，乐意参加诗社活动。

红叶时光觅旧踪，有缘海外喜相逢。
人生难得真情吐，步履匆匆意万重。

无雨无风天集美，诗人欣喜发狂吟。
虽然老迈难前进，愿作精英子弟兵。

中国年

我有十多年没有回国过年了，这里我写几句小诗恭贺新年。

腊月二十四过小年（接祖）

欢迎列祖把家回，饭菜喷香热气开。
此刻儿孙全到位，纷纷叩首寄心怀。

腊月三十过大年

腊月年终这一天，家家户户贴门联。
精心制作年夜饭，还有红包压岁钱。

正月初一过新年

初一新春喜气连，爆声震耳入云天。
桌边大碗鸡汤面，炆蛋朝前好拜年。

注：十二时开始放爆竹迎新年，直到天明，还有零散爆竹声。

正月十五完年（送祖）

花灯闹了元宵节，又到堂中拜祖先。
送别先人天上去，祈求保佑一年年。

2011年1月25日

读亲家德忠送来网上相册，文章有感

祖国河山多壮丽，勃勃生机在画里。
春夏秋冬展美意，旅人看到心欢喜。

金色老年价值高，健康第一是新标。
虚心向下求知识，科学养身赶浪潮。

2012年2月29日

端午节

德忠亲家从大洋彼岸祝福我们端午节快乐，传来画面上仿佛闻到粽子飘香，有感而作。

此刻思家乡，端阳节令昌。

菖蒲门上挂，粽子气飘香。
日暖风和美，人情鸟意张。
何时回故里，把酒话沧桑。

波士顿中秋赏月

我在凉台看月圆，清光溢出与时妍。
蓝天衬托光华美，光照万家结喜缘。

望月有感

爱月之人有许多，怀乡念旧动心河。
天涯海角能相会，快乐心情生碧波。

2013年9月20日

老年步行

应市长约请65岁以上老人十月四日波士顿公园聚会。

公园集合上千人，众国族裔一现真。
喜见耆英多壮美，迈开快步向前奔。

风日晴和天气好，英姿焕发老还童。
公园古树枝繁茂，万绿丛中一点红。

2011年10月5日

新泽西小女婿小女儿家

空间众鸟在盘飞，草地多情迎日晖。
湖面自然生态美，珍稀野鹿看人迷。

高树葱茏绿满天，这儿空气顶新鲜。
连年有幸来消夏，全靠亲情在结缘。

读《唐诗365》

精选唐诗系国人，附加批注力求真。
明星李杜高空闪，一代风流满眼春。

登纽约帝国大厦

曾经饱览双胞胎，今日乘风帝国来。
有意观看大纽约，人间伟业育奇才。

2011年8月8日写于新泽西

写几句顺口溜回复儿孙

儿孙送来祝福卡，阅读过后好欣赏。
与时俱进见精英，鼓励话语像人喊。

时光流逝如跑马，事物革新爆竹响。
中国人才何其多，英雄草地惊天长！

2012年春节

双亲节怀念爸妈

五月第二个周日是母亲节，六月的第三个周日是父亲节。

心怀大爱我爸妈，生育基因续发光。
幼小家居谈笑里，教儿受益在身旁。

离家远去向前方，历尽风波不畏艰。
乐叙天伦难兑现，每年春节看爸妈。

双亲早已到天堂，不知哪日可还乡？
未来有幸能相会，拥抱爸妈话短长。

我已年登七十九，明年还是凤偕凰。
爸妈倩影寻常见，恩重如山永不忘！

2011 年 5 月 8 日

迎接龙年　戏作十二生肖

肖　鼠

夜间活动脑机灵，总为谋生与护身。
白日安居休养后，儿孙一起乐天伦。

肖　牛

辛辛苦苦不辞劳，冒雨临风展自豪。
戴月披星无倦意，精神焕发比天高。

肖　虎

长啸一声动碧空，四围生物一同尊。
深山保护添神气，自在安详宇宙中。

肖　兔

生来不吃窝边草，意在身边结好邻。
欲保安全三窟建，竞争态势像飞轮。

肖　龙

云中形象有游龙，龙的传人到眼中。
凤舞龙飞同媲美，合家欢乐韵无穷。

肖　蛇

胸怀博大思通象，竭力抗争不让人。

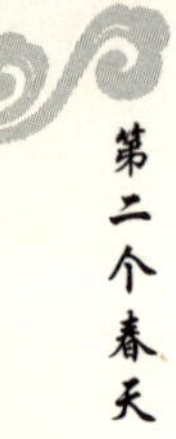

沼泽丛林栖息地，新鲜空气养精神。

肖　马

曾经参战赴疆场，一马当先敌阵寒。
今日愿当和事佬，静观世界孰称王。

肖　羊

驯服温和好性情，草场开阔自由行。
年年月月身心健，与世无争有令名。

肖　猴

鼎鼎大名孙悟空，唐僧带你去西征。
千难万险全通过，取得真经事业成。

肖　鸡

一唱雄鸡天下白，母鸡下蛋享殊荣。
春风得意心情好，带领小鸡练步行。

肖　犬

高深理念是忠诚，心爱主人力克勤。
不论车行和步走，相依相爱不离分。

肖　猪

誉满农家聚宝盆，养家活口子传孙。
生生不息垂千古，稳稳当当福满门。

迎春曲8首

春　雪

瑞雪自飘飞，迎春愿未违。
山河同洁净，潇洒伴人归。

春　雨

滴滴成音响，亲亲邀我听。
心灵能润泽，不禁乐天真。

春　风

拂面春风好，馨香无纤尘。
大千世界里，游子往前奔。

春　日

东山观日出，缓缓往西行。
情侣同怀抱，心中热气升。

春　潮

潮水冲天起，瞬间百丈高。
奔流飞瀑美，万里碧云霄。

春　宵

午夜人未闲，鱼书入眼间。
心神联系紧，网上两相看。

春　晓

春眠会觉晓，总想起得早。
朝气可养身，出外活动好。

春　山

春山爱打扮，绿树伴红花。
小鸟在歌唱，高空泛彩霞。

2011 年 3 月

八十抒怀

三生有幸享高龄，百味品尝意觉馨。
科技繁荣新世纪，和谐温暖好家庭。
风云变幻高天意，人物循环大地宁。
迈步健身忘却老，回眸往事竹青青。

带病延年日月争，心宽意满气恢宏。
步行吸氧心情好，饮食均衡脸面清。
感谢医生勤问诊，爱怜老迈怕成精。
近来魔鬼停侵袭，笑看前程赞几声。

2012 年 5 月 31 日

欢庆我的八十寿辰

7 月 7 日下午 4 时至午夜在女婿女儿家后院聚会，大家庭全体成员，亲戚朋友共 40 多人莅临，很是热闹。

欢庆聚会

阳光灿烂好晴天，朗月繁星更觉鲜。
阵阵清风伴主客，抒怀把酒庆华筵。

八十蛋糕

特制双层大蛋糕，向军代切乐陶陶。
多年阔别今相聚，八十旅人人气豪。

深情祝福

深情学子意绵绵，来我身边祝寿仙。
有感大家情意重，心潮滚滚上飞船。

注：学子指女婿女儿 BU 同学。

穿何氏 T 恤纱

红色恤纱我已穿，光华闪耀在人前。
何家活祖双双在，喜看儿孙世代传。

注：女儿特购的 T 恤有 He 标志。

收到礼品（一）

健身翡翠价连城，“福寿”金光耀眼明。
罗布麻茶能降压，新鞋竞走名包拎。

收到礼品（二）

孙儿给我写诗篇，夸我年轻勇向前。
多艺多才外孙女，制成“八十抒怀”签。

注：外孙女沐伦将我写的《八十抒怀》诗和婆婆的祝贺诗以及她的祝福语嵌入玻璃框，赠送给我。

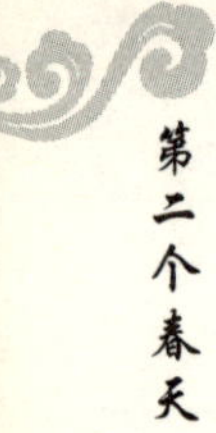

收到礼品（三）

亲家带来罗汉佛，亲戚当天包寿钱。
难得同堂共一席，亲情美好结天缘。

二十年相见

百岁生辰可否猜？江花总是逐天开。
诸君欣喜同怀抱，一曲高歌动地来。

注：1. 女儿向群致辞时说，二十年相见，以示祝福。2. 江花是指长江波浪像花一样，一浪高一浪。

2012 年 8 月 7 日

读后语

本诗词选内容，是写夫君包括本人回故乡、到台湾旅游以及在美国的一些生活片段。还有他感到欣慰的是，去年女儿女婿儿子儿媳为他主办了八十寿辰庆典，办得很隆重，家人和亲戚朋友共40多人参加，共享天伦之乐！一个身患重病的老人，对故国古老文化满腔热情的投入，心灵活跃，耕耘勤奋，令我为之敬佩！在《何文诗词选·第二个春天》准备付印之际，我感到由衷的喜悦。

诗心诗意满含情，嵌入大千万花筒。
到处都有诗灵感，漫天诗雨润无声。

史君慧　2013年10月10日

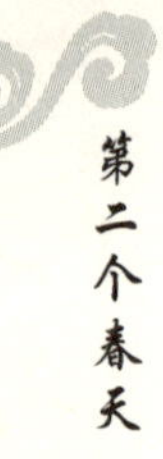

后　记

本诗词选共十一集，前十集基本上是作者20年前的诗作，是从《何文诗词联集》挑选的，后一集即第十一集是他近两三年写的。书名《第二个春天》，其寓意是从第一线到第二线开始，经过20年直至80高龄写出了洋洋巨作。作者谈到，他的第一个春天是热血沸腾、兢兢业业的工作，而学诗写诗可以说是他第二个春天。我想，没有他的第一个春天，也就没有这第二个春天。对此，我深深感到，作者自觉闯进诗坛，倾心投入，情趣浓郁，勤练笔，踏歌行，不唯上，不唯书，只为实，褒贬鲜明，以诗言志，以诗会友，尽情抒发情感。他的创作丰盛，可以说他是一位多产诗人。为给他的诗词联集和这本十一集诗词选打字，而我们都不会汉语拼音，他就从汉语拼音字典找出拼音字母，在这十几万汉字下面注释供我打字，这也是颇费精神的。这本十一集诗词选将以春华秋实的面貌展现在读者、朋友、亲戚、家人面前，作为他的老伴也感到无限欣慰！这里，特抄我曾在《何文诗词联集》后记中浅唱的话语予以致贺：

亲人有兴步诗坛，汗水晶晶亮四方。
涉水爬山勤问路，丰收硕果泛金光。

传神妙笔缀珍珠，恬淡清纯俗气除。
历史长河流得远，诗家心里乐何如。

心中大爱属人民，衣食来源靠苦辛。

处事做人循正道，青春永驻夕阳红。

人生劲旅路茫茫，力战风波虎气扬。
望我家人能评赏，春风拂面喜洋洋。

史君慧　2013年10月31日于北京

图书在版编目（C I P）数据

第二个春天：何文诗词选 / 何文著. -- 武汉 : 长江文艺出版社， 2014.7

ISBN 978-7-5354-4848-4

Ⅰ. ①第… Ⅱ. ①何… Ⅲ. ①诗词－作品集－中国－当代 Ⅳ. ①I227

中国版本图书馆 CIP 数据核字(2014)第 033848 号

责任编辑：何性松　　责任校对：陈　琪

封面设计：江　风　　责任印制：左　怡　包秀洋

出版：长江出版传媒　长江文艺出版社

地址：武汉市雄楚大街 268 号　　邮编：430070

发行：长江文艺出版社

电话：027—87679360

http://www.cjlap.com

印刷：武汉市福成启铭彩色包装印刷有限公司

开本：880 毫米×1230 毫米　1/32　　印张：11.375

版次：2014 年 7 月第 1 版　　2014 年 7 月第 1 次印刷

行数：7108 行

定价：39.00 元